돌아갈 수는 없지만
우리의 눈부셨던 순간들을
기억할 수는 있어

모든
순간이
동화였다

모든
순간이
동화였다

김정인 지음

지식인하우스

프롤로그

고되고 팍팍한 매일이지만, 지나온 길을 돌아보면 어느 순간도 필요하지 않은 날이 없음을 느끼게 돼요. 이 순간도 돌아서면 곧 그리워질 추억이 되어 있을 테지요.

이렇게 소중하고 감사한 시간들을 회복할 수 있으면 좋겠어요. 정말 중요한 것을 잊지 않을 수 있게요.

이 글이 세상의 모든 부모님께 작은 선물이 되길 바랍니다. 모든 귀한 아들과 딸에게도요. 그래서 잊고 지내던 빛바랜 추억을 떠올리며 슬며시 웃음 지을 수 있길 바라요.

함께 기억할 수 있으면 좋겠습니다.
모든 순간 찬란하게 눈부셨던 그날을…

김정인

CONTENTS

PART 1

찬란했던 우리는 모두
빨강머리 앤이었다

—— 앤, 매일이 동화 같던 날들이었지

앤, 우린 매일 같은 길을 걷는다 생각하지만
사실 단 하루도 똑같은 순간은 없어.
그러니 찬란하게, 그리고 눈부시게 걸어 보자.

나무의 시간

3층 베란다의 난간을 붙잡고 서서 아래를 내려다본다. 난간을 붙잡고 서자 엄마가 불안한지 얼른 옆에 와서 선다. 높지 않은 층수에서 내려다보는 아파트 화단과 가로수는 가을의 색으로 물들어 있다. 책상 서랍에 보물처럼 숨겨놓은 사십팔 색 크레파스를 꺼내도 똑같이 색칠하지 못할 것처럼 몹시 화려하다. 어쩜 저렇게 다양한 색을 한 나무에 나누어 담았을까.

다채로운 붉음을 뚝뚝 흘리는 단풍나무가 보인다. 그 뒤로 키가 제법 큰 은행나무도 선명하게 대조되는 노란빛을 반짝이며 질세라 제 잎들을 흔들어 댄다. 검은 콘크리트 바닥은 도화지가 되고 화려한 빛깔의 낙엽들은 바람에 맞추어 춤을 추듯 내려와 새로운 그림을 그려 낸다. 그에 맞춰 리드미컬하게 들려오는 경비 아저씨의 마른 비질 소리.

쓰윽, 쓱. 스윽, 쓱

아파트 입구부터 반대편 놀이터 끝까지 이어진 일정한 비질에 떨어진 낙엽들이 말끔히 정리되기 시작한다. 비질 두어 번에 엉킨 머리칼 사이로 얼굴을 드러내듯 보도블록이 가지런한 제 모습을 보인다. 깔끔하게 정리되고 쌓인 낙엽은 한쪽 구석에서 제자리를 찾아가듯 모이고 있었다. 그 모양이 재밌어 한참 말없이 내려다본다. 노란 은행나무 아래에 선 경비 아저씨가 바닥을 쓸던 빗자루로 나무 둥치를 툭툭 두드리자 미처 떨어지지 못한 은행잎이 우수수 떨어져 내린다. 다시 일정한 비질이 이어지고 조금 더 가서 또다시 다음 나무 아래에서 탁탁, 탁탁.

이상하다. 왜 둥치를 빗자루로 두드리는 걸까. 둥치를 두드릴 때마다 은행나무는 원래 떨어뜨려 놓은 잎보다 더 많은 양의 잎을 하릴없이 떨구어 내어 보도블록을 노랗게 뒤덮는다. 아저씨가 재밌어서 저렇게 하는 것은 아닌 것 같은데 같은 행동을 반복한다. 조바심이 나서 옆에 선 엄마에게 묻는다.

"엄마, 아저씨가 왜 빗자루로 나무를 치는 거예요?"

"아저씨가 깨끗이 청소를 하셨는데 바람이 불면 또 나뭇잎이 떨어지잖아. 그럼 다시 인도가 덮여 버리니까. 청소하실 때 어차피 떨어질 나뭇잎을 한꺼번에 떨어뜨려서 쓸면 깨끗하잖아. 그치?"

하지만 그 말을 들으니 더 이해가 가질 않는다. 어차피 떨어질 나뭇잎을 먼저 떨어뜨린다니. 그럼 나뭇잎들은 원래 자기가 나무에서 떨어져야 할 시간보다 먼저 떨어져야만 하는 것 아닌가. 왜 나뭇잎이 아저씨를 위해서 원래보다 더 빨리 나무와 헤어져야만 하는지 모르겠다. 다시 엄마를 붙잡고 묻는다.

"엄마, 우리도 머리카락이 만날 빠지지만 어차피 빠질 거라고 미리 뽑진 않잖아요."

"하하, 그러네."

이번엔 엄마에게서 다른 설명이 없다. 누가 해명을 좀 해주었으면 좋겠는데, 왜 경비 아저씨가 나무의 시간을 존중해주질 못하는 건지 나는 결국 알아내지 못했다. 농익은 빛의 은행나무도, 타는 듯 붉은 기운을 내뿜는 단풍나무도, 풍성한 잎으로 짙은 그늘을 선물했던 플라타너스도 가을바람에 살랑이며 머지않아 잘 말려진 잎을 다 떨어뜨릴 것이다. 따스한 가을볕 아래서 흘러간 봄, 여름, 그리고 찬란했던 가을을 기억하며 순리대로 겨울을 준비해야 함을 알고 있겠지.

쓰윽, 쓱. 쓰윽, 쓱. 탁탁, 탁탁

경비 아저씨의 비질 소리가 겨울을 재촉하는 것 같다.

나뭇잎이 가지 끝에서 충분히 제 시간을 보내고 나무와의 이별을 잘 준비할 수 있을 때까지 기다려주고 싶었다.

벤자민 크리스마스트리 아래

"We wish you a merry Christmas~"

거리 여기저기에서 크리스마스 캐럴이 들리기 시작하고 가게의 불빛이 하나둘 화려한 조명으로 바뀌기 시작하면 연말이 다가옴을 실감하게 된다. 올해도 울지 않는 착한 어린이들을 찾아올 산타 할아버지를 기다리는 일은 몹시 설레는 일이었다. 산타 할아버지께 쓰는 편지에 올해 갖고 싶은 선물이 어떤 것인지는 굳이 적지 않아도 이미 훤히 알고 있을 것이다. 엄마한테만 몰래 귓속말로 얘기하긴 했지만, 모든 것을 알고 있다는 산타 할아버지는 어디선가 분명 듣고 계셨겠지. 산타 할아버지가 항상 지켜보고 있을 것이라 생각하니 어제 동생과 레고 블록을 함께 가지고 놀다 싸우고 결국 울었던 것이 못내 마음에 걸린다. 동생이 조금만 더 말을 고분고분 잘 듣는 착한 아이였다면 기꺼이 더 좋은 누나가 되어 주었을 텐데. 싸울 수밖에 없었던 이유를 전부 다 먼저 양보하지 않은 동생 탓으로 돌리고 싶어졌다. 아직 산타 할아버지가 오시기 전까지 열 밤은 더 자야 한다고 했으니 그동안 엄마 아빠 말씀을 잘 듣고 동생과 싸우지 않을 작정이다.

하늘하늘 예쁜 잎을 가진 거실의 벤자민 나무는 매년 12월이면 우리를 위한 작은 크리스마스트리로 꾸며졌다. 엄마가 장롱 위에서 먼지 쌓인 종이 상자를 꺼내면 벤자민 나무도 우리도 신이 났다. 일 년 전에 뚜껑을 덮으며 내년에 다시 돌아올 크리스마스에 대한 설렘과 기대도 같이 넣어 두었던 것 같다. 종이 상자 겉면의 먼지를 닦아 내고 '알리바바와 사십 명의 도둑 이야기'에 나오는 보물 상자를 열듯 조심스레 뚜껑을 열면 온갖 반짝이는 크리스마스트리 장식물이 쏟아져 나왔다. 작은 악기를 연주하는 천사, 산타 모자를 쓴 폭신한 갈색 곰돌이와 빨간 코를 가진 루돌프, 금색과 은색의 종, 빨간 체크무늬의 공단으로 만들어진 보드라운 리본, 반짝이는 별, 그리고 하얀 반짝이가 묻어나는 투명한 눈꽃 모형까지. 하나하나 들여다보고 있으면 정말 시간 가는 줄 모르게 아기자기한 장식품들이 가득했다. 엄마와 함께 손닿는 가지에 하나씩 걸고 나면 마지막에 엄마가 반짝이는 큰 별을 나무 맨 꼭대기에 올려 달았다. 그리고 손톱만한 전구들이 조롱조롱 열린 긴 전선줄을 벤자민 나무 위에서부터 아래로 휘휘 돌려 감고 전구 끝에 있는 플러그를 콘센트에 꽂으면, "하나, 둘, 셋, 와아!" 함성이 절로 터져 나왔다. 이제 정말 산타 할아버지 오실 날만 기다리면 된다.

크리스마스 아침에는 설레는 마음으로 눈을 뜨곤 살금살금 일어나 앉아 경건하게 벤자민 크리스마스트리 아래 놓여 있을 선물을 상상했다. 왠지 쉽게 달려나가 선물이 있는지 확인하고 그것을 끌어안을 수가 없었다. 애틋하게 기다리던 것이 눈앞에 주어지면 너무 떨리고 설레서 정말 내 것이 맞는지 실감하기 전까지 쉽게 다가갈 수가 없었다. 생각해 보면 매년 생일이나 어린이날보다도 더 어쩔 줄 몰라 하며 기다린 것이 크리스마스였던 것 같다. 방문을 빼꼼이 열고 벤자민 나무 아래를 살피려니 엄마 아빠가 식탁에서 "일어났네, 잘 잤어? 어제 눈이 너무 많이 와서 산타 할아버지가 우리 집까지 다녀가셨는지 모르겠다." 하며 시치미를 뗀다. 가슴이 두근대지만 너무 티내지 않으려 노력하며 살금살금 거실로 나간다. 콩닥콩닥. '야호! 선물이다!' 입가에 숨길 수 없는 웃음이 배시시 지어졌다.

빨간색 반짝이는 포장지에 곱게 포장된 선물을 조심스럽게 만져봤다. 제법 커다란 직사각형의 선물이었다. 선물 포장 옆에 붙어 있는 카드 겉면에는 산타 할아버지 글씨로 선물의 주인을 알리듯 내 이름 석 자가 선명하게 적혀 있었다. 온 세상 어린이들의 선물을 동시에 배달하려면 겉면에 이름도 잘 적어야 헷갈리지 않겠지. 옆에 놓인 같은 포장지로 포장된 좀 더 작은 선물은 아마 동생 선물일 것이다. 선물을 들고 엄마 아빠 옆으로 갔다.

"우와, 카드도 써주셨네~ 읽어볼까?"

아빠가 카드를 열고 산타 할아버지 목소리를 흉내 내며 읽어주신다. 정말 산타 할아버지 목소리 같아 심장이 두근거린다. 지난 한 해 동안 엄마 아빠 말씀 잘 듣고 선생님 말씀도 잘 들어서 주는 선물이라고, 동생이랑도 지금처럼 계속 사이좋게 지내라는 말이 적혀 있었다. 카드를 받아 들고 다시 고이 봉투 안에 넣은 뒤 선물을 꼭 품에 안고 방 안으로 돌아왔다. 등 뒤에서 "선물 안 풀어 봐?" 하는 엄마 목소리가 들렸지만, 아무도 보지 못하게 침대 이불 안에 깊이 선물을 숨겼다.

선물을 이불 안에 묻어 두고 매일 아침저녁으로 잘 있는지 들여다보고 다시 덮었다. 반짝이는 포장지로 예쁘게 포장된 선물은 언제고 볼 때마다 기분이 좋아졌다. 친구들이 놀러 왔을 때나 동생이 있을 때는 절대 이불을 들춰 보지 않았다. 다른 사람이 선물에 손대는 것이 싫었고 자랑을 하기에도 너무 소중해서 아무에게도 함부로 꺼내어 보여주고 싶지 않았다. 그렇게 며칠을 그대로 두고두고 보았다. 포장지 안엔 어떤 놀라운 선물이 들어 있을까 상상해 보면 늘 그 설렘으로 가슴이 두근거렸다. 산타 할아버지께서 일 년 동안 날 지켜보고 어떤 선물을 줄까 생각을 하여 선물을 고르고 포장했을 것이라 생각하니 마음이 따뜻해졌다.

크리스마스가 며칠 지난 어느 날 아침. 결국 그 모양을 일주일도 넘게 지켜보다가 답답해진 엄마는 포장을 못 뜯는 날 대신해 선물 포장을 뜯어주었다.

"우와, 이것 봐~ 네가 갖고 싶어 했던 인형이네!"

비몽사몽 일어나 앉아 엄마 손에 뜯어진 선물을 보고 그 자리에서 눈물을 뚝뚝 흘리고 말았다. 저 인형을 갖고 싶어 했던 것은 맞지만, 날 설레게 할 선물이 사라져 버렸다는 상실감이 훨씬 더 컸다. 인형을 보고 신나서 뛰어다닐 내 모습을 기대했던 엄마는 당황한 기색이 역력했다.

"왜? 인형이 마음에 안 들어? 엄마가 포장지 뜯어서 그래?"

대답도 못하고 한참을 더 큰 소리로 울었다. 산타 할아버지가 오직 날 생각하며 무엇을 주면 기뻐할지 한참 고민하고 정성스럽게 포장했을 선물. 그 포장지가 벗겨지는 순간 나를 끝없이 설레게 할 반짝이던 선물의 마법은 사라지고 그저 그냥 어떤 물건으로 내게 남겨질 뿐이었다. 산타 할아버지께서 풀어진 선물을 들고 서럽게 우는 날 보면 실망하시겠지. 엄마가 선물을 풀어서 미안하다고 사과했다. 엄마는 내 마음을 이해하면서도 이해하지 못하는 눈치였다.

올해도 열흘 남은 크리스마스를 손꼽아 기다린다. 이번에는 어떤 선물을 주실까.

나만을 위한 선물을 꼭 끌어안고 그 안에 얼마나 달콤한 꿈을 담을 수 있을까.

롤러스케이트

지난 어린이날, 반짝이는 플라스틱 표면에 알록달록 멋진 색이 입혀진 롤러스케이트를 선물 받았다. 몇 달 가지 않아 발이 훌쩍 커져 버릴 것에 대비하여 남동생도 나도 넉넉한 사이즈의 롤러스케이트를 받았다. 사이즈가 큰 롤러스케이트에 발이 헛돌아 벗겨지거나 넘어지지 않도록 줄을 힘껏 당겨 조이고 길게 남는 줄을 바퀴 사이로 두 번 돌려 감아 팽팽하게 발을 꽉 묶었다. 타이트하게 묶인 줄 때문일까. 발에서 은근한 긴장감이 느껴졌다.

우리는 사이즈만 다르고 모양이 같은 롤러스케이트를 세트로 신고 거실에서 부엌으로, 다시 부엌에서 방으로 비틀비틀 경쟁하며 빠르게 균형을 잡아갔다. 아랫집 할머니로부터 시끄럽다고 인터폰이 올까 불안해하는 엄마를 안심시키듯 우리는 금방 집 안에서 아파트 복도로 진출했다. 사촌 오빠가 명절에 롤러스케이트를 타는 것을 보고 정말 멋지다고 생각했는데, 막상 내 것이 생기니 잘 탈 수 있을까 하는 불안감과 빨리 오빠처럼 자유자재로 바퀴를 굴리고 싶은 조급증이 동시에 일었다. 같이 받은 팔꿈치와 무릎보호대는 아주 처음 몇 번만 하고 팔다리를 조이는 것이 답답해서 냉큼 풀어 버렸다. 사실 답답하기도 했지만 그걸 하고 있으면 마치 초보자인 것을 온 동네에 알리는 것처럼 느껴졌기 때문이다.

오래지 않아 아파트 복도의 끝에서 끝까지 멋지게 왔다 갔다 하게 되자 우리는 자유를 선언하고 아파트 단지로 나섰다. 주차장의 울퉁불퉁한 아스팔트 표면이 온몸에 덜덜거리며 전해지면 그 마찰을 꾹꾹 눌러 힘차게 밀어내며 앞으로 더 빠르게 나아갔다. 오르막에서는 숨이 턱에 닿도록 더 몸을 밀어냈고, 내리막이 시작되면 이 순간만 기다렸다는 듯이 얼굴을 스치는 바람에 몸을 맡겼다. 그러다 제 속도를 제어하지 못해 다리가 꼬이거나 바닥에 있던 장애물에 부딪쳐 균형이라도 잃으면 무릎이며 팔꿈치에 사정없이 상처가 생기곤 했다. 동생 보는 앞이라 아무렇지 않은 척 더 씩씩하게 벌떡 다시 일어났지만, 피가 뚝뚝 흐르는 팔꿈치를 안고 집에 들어가서 엄마를 보는 순간엔 울컥 눈물이 났다. 상처의 아픔은 언제나 넘어지는 순간이 아니라 기댈 수 있는 엄마를 보는 순간 느껴졌다. 엄마가 상처를 소독하고 약을 발라 반창고를 붙여주며 "아이구, 많이 아팠겠네. 예쁜 팔에 흉터 생기겠다." 하고 같이 속상해하며 달래주면 그제야 참았던 눈물이 꺽꺽 터져 나왔다. 얼마나 아팠는지 울음으로 실컷 표현하고 나면 그제야 상처의 아픔도 가시는 듯했다.

온 동네를 끌고 다닌 탓에 점차 롤러스케이트의 반짝거림은 없어졌다. 발과 함께 수없이 긁히고 구르며 닳고 낡아졌다. 낡은 롤러스케이트는 함께한 시간만큼 길이 잘 들어서 발에도 딱 맞았다. 이제는 끈을 두 번 돌려 묶을 필요도 없어졌다. 하지만 여전히 롤러스케이트의 끈을 꽉 조여 묶으면 발부터 시작해 온몸에 기분 좋은 긴장감이 전달되었다. 언젠간 이 롤러스케이트도 작아지겠지만, 함께 넘어지며 얻은 익숙함과 다시 일어나며 얻은 자신감은 사라지지 않겠지.

기억 속 어린이날

어린 당신은 활짝 웃고 있나요?

열탕과 냉탕 사이

한 달에 한 번, 마지막 주 토요일엔 늦잠을 자고 일어
나 느지막이 식사를 하고 목욕탕에 가는 것이 소소하
고 정기적인 가족 행사였다. 점심을 두둑이 먹고 부른
배를 두드리며 플라스틱 목욕 바구니를 집어 들었다.

아빠와 목욕 마치고 다시 만날 시간을 대충 정한 후
엄마를 따라 여탕으로 들어간다. 머리를 감고 가벼운
샤워를 마치고 나면 냉탕 온탕을 오가며 물놀이를 하
는 재미가 있었다. 따끈한 온탕에 사부자기 들어가 앉
으면 몸이 스르르 녹았다. 배가 부르고 몸이 따뜻한 물
에 잠기니 눈도 사르르 감겨 왔다. 딱 좋은 온도라 생
각하고 있는 찰나에 엄마는 금방 열탕으로 옮겨가 앉
는다. "어우~ 시원하다." 하는 소리가 이어진다. 왜 어
른들은 뜨거운 물에 들어가면서 시원하다고 하는지
잘 모르겠다. 나도 짐짓 덤덤한 표정을 지으며 어른스
럽게 열탕으로 건너가 본다. 하지만 엄마만큼 오래 앉

아 있지는 못했다. 물의 뜨거움이 찌릿하게 살결을 간질이며 뼛속까지 전달된다.

열탕이 시원하다는 아이러니를 대충 이해할 것 같으면서도 이유는 잘 설명할 수 없었다. 굳이 비교하자면 마치 너무 슬플 때 한참 대성통곡을 하고 나서의 기분 같은 걸까. 슬픈 이유가 없어진 것은 아니지만 마음속 응어리가 터져 나와 다 게워낸 기분, 그래서 개운한 것 같은 착각을 일으키는 일종의 카타르시스와 비슷한 것일까. 뜨거운 국물을 마시거나 열탕 안에 들어가며 시원하다는 말을 할 줄 알면 비로소 어른이 된다고 했다. 빨리 어른이 되고 싶은 조급함에 말이라도 자꾸 '시원하다. 시원하다.' 따라 되뇌어 보곤 했다. 입으로 시원하다고 혼잣말은 하고 있지만 실상 물 안에서의 따끔따끔한 느낌이 견디기 어려워 손으로 허벅다리를 북북 긁어대고 있었다. 그러다 점점 더 심장이 빨리 뛰고 가슴이 답답해져 숨 쉬기가 어려워지면 물 밖으로 냉큼 기어 나갔다. '휴, 살겠네.' 저 안에 얼마나 더 오래 앉아 있을 수 있어야 시원해지는 것일까.

이번에는 냉탕을 기웃거렸다. 워낙 추위를 많이 타서 냉탕에 들어가는 것이 쉽지 않았다. 용기를 내어 크게 숨을 들이마셨다 내쉬며 발목부터 무릎, 허리 그리고 어깨까지 천천히 들어갔다. 얼마나 차가운지 처음 냉탕에 몸을 담그면 심장 마비에 걸릴 것만 같았다. 열탕에서 벌겋게 데워져 나온 몸뚱이를 갑작스레 찬물에 담그니 그 냉기가 더 격렬하게 전해지는 듯했다. 숨을 다시 크게 들이마시고 참은 채 눈을 감고 천천히 무릎을 굽혀 쑥 들어가 앉는다. 냉기가 얼굴을 지나 머릿속 끝까지 파고든다. 오줌을 눈 것도 아닌데 온몸이 부르르 떨린다. 물속에서 코로 숨을 뱉고 잠시 참았다가 밖으로 나와 숨을 고른다. 목구멍 깊숙이 마시고 뱉는 숨에서 한기가 느껴진다.

　　잠들어 있던 뇌세포가 하나하나 깨어나 기지개를 편다. 더없이 총명해지는 기분이다. 몸의 감각이 영민하게 살아나고 풀어진 근육들이 수축되어 옹골지게 다져진다. 제자리에서 까치발로 통통 뛰어 오르면 한껏 몸에 탄력이 생긴다. 이어서 '헛둘, 헛둘.' 마음속으로 리듬을 맞추며 약수터에서 본 아저씨가 조깅을 하듯 탕의 끝에서 끝까지 분주히 오간다. 어마어마하고 무시무시한 폭포수 물줄기에 어깨와 등을 들이밀고 서서 마사지를 하는 아줌마들이 없을 때는 첨벙첨

병 수영도 할 수 있었다. 그렇게 차가움을 경망스럽게 온몸으로 표현하다 보면 금세 추위는 가시고 몸에서 열기가 느껴졌다. 그래서 열탕이 시원했다면, 냉탕은 화끈화끈했다. 시간 가는 줄 모르고 한참 놀다 보면 엄마가 다시 온탕으로 오라고 손짓했다.

열탕 속의 내 모습과 냉탕 속의 나는 마치 다른 인격을 지닌 사람처럼 느껴졌다. 그래서일까. 왠지 혼몽하게 탕 안에 앉아 있으면 바둑에서 복기를 하듯 일상 속의 이중적인 내 모습을 찬찬히 되돌아보게 되었다. 한 곳에 진득이 있지 못하고 냉탕과 열탕을 오가는 내 모습을 돌아본다.

따뜻한 물은 나를 차분하게 만들었다. 불면 꺼질까 쥐면 터질까 애지중지 날 키워낸 따뜻한 부모님 덕분에 집 안에선 사랑받고 자란 티가 많이 나는 전형적인 '공주' 과의 모습이었다. 그 덕에 섬세한 감정 표현에 익숙했지만 의존적인 성향도 덤이었다.

냉탕에 들어가면 나도 모르게 복근에 힘이 들어가고 단호한 표정을 짓게 되는 것처럼, 집 밖으로 나오면 목표 의식이 뚜렷해졌다. 성취를 위해서 눈을 질끈 감고 한 길로 달려 나갈 수 있는 고집이 있었다. 마음 깊이 간절히 인정받고 싶은 욕구가 숨어 있었고 그 욕구는 나를 억척스럽게, 때론 독하게 만들기도 하였다. 무언가에 꽂히면 주변을 돌아보지 못한 채 끝까지 내달렸고 그렇게 완전히 소진된 후에 느껴지는 후련함을 즐겼다.

하지만 갈수록 양끝을 향해 각기 치달아 가는 이중적인 모습에서 한쪽 가지를 쳐내야만 할 것 같았다. 한창 빠져 있는 게임 '프린세스 메이커'처럼 주인공이 나라면 결국 왕비가 될 것인지 장군이 될 것인지 노선을 정해야 그에 맞는 교육을 받고 취미를 키워갈 수 있을 것 같았다. 이렇게 가다간 이도 저도 안될 것만 같아 불안했다. 냉탕과 열탕 사이 어느 쪽이 진짜 내 모습일까.

그 순간 '유레카!' 갑자기 답을 찾았다. 열탕에서 느껴지는 자아와 냉탕에서 느껴지는 자아를 바라보면 마치 이중인격을 가진 것처럼 받아들이기 어려웠는데, 양쪽의 내 모습 모두가 온전한 나라는 걸 깨달았다. 두 가지 온도를 가진 그 모습 그대로의 나를 사랑해주기로 했다. 어느 한쪽도 포기할 수 없었다. 아니, 한쪽이 없어지면 내가 아니었다. 둘 다 진짜 나라는 것을 인정하기로 마음먹고 나니 자연스레 마음의 평온이 찾아왔다.

엄마의 부름에 자리로 돌아가 목욕탕 의자에 앉아 때를 민다. 구석구석 놓치는 부분 없이 깨끗하게 묵은 때를 벗겨 낸다. 열탕과 냉탕을 오가며 잘 불린 때를 국수 가락 뽑듯 쭉쭉 밀어낸다. 머리끝부터 발끝까지 만족스럽게 목욕재계를 마치고 달콤한 바나나 우유에 빨대를 꽂아 쪽쪽거리며 나오니 기다림에 지루해진 얼굴의 남동생과 아빠가 무슨 목욕을 이렇게 길게 하냐며 투덜댄다. 온 가족이 함께 개운해진 몸과 마음으로 길을 나선다. 코로 들어오는 상쾌한 바깥 공기가 이보다 더 개운할 수 없다. 세상의 모든 때를 벗고 나온 것 같다.

하늘하늘한 공주 드레스를 입고 번쩍이는 검을 들어 세상을 구하겠다는 패기를 버리지 않기로 했다.

인정하고 받아들이기로 마음먹고 나니 이런저런 부족하고 이중적인 내 모습이 더 좋아졌다. 이도 저도 안 되면 어때. 그냥 재밌게 살다 보면 뭐든 되어 있겠지. 발걸음 가볍게 길을 나선다.

"안녕, 나의 작은 친구들!
따스했던 너를 아직 기억하고 있어."

메추라기 위의 십자가 **1**

알고 있었다. 약해서 금방 죽을지도 모른다는 것을.
하지만 가까이 다가가 가만히 들여다보고 있으면 어
김없이 까만 두 눈을 반짝이며 '나를 데려가 줘요.'
간절하게 속삭였다. 그 눈빛을 두고 차마 돌아서기 힘
들었다.

학교 앞에서 파는 메추라기 이야기다. 매년 봄이면 학
교 앞에 병아리와 메추라기를 파는 아저씨가 왔다. 늘
겪는 일이지만 결국 올해도 지나치지 못했다. 그것들
은 태생이 약한 아이들이고 좋은 환경에 두어도 오래
살기 힘든 종자라는 것은 알고 있었다. 그럼에도 불구
하고 샛노란 날개를 파닥이며 삐삑! 가녀린 울음을 공
기 중에 흩뿌리는 모습이 안쓰럽기도 하고 귀엽기도
해서 한참 그 앞을 서성이곤 했다. 주머니를 뒤져 본
다. 마침 용돈을 받은 지 얼마 되지 않아 메추라기를

살 수 있는 돈이 충분히 있었다. 오늘이 지나면 아저씨는 언제 다시 오실지 모른다. 지금이 아니면 기회가 없을 것 같아 마음이 조급해졌다.

재작년에 샀던 병아리 두 마리는 운이 좋게도 우리 집 아파트 베란다에서 중닭이 될 때까지 키웠다. 양계장집 딸이라 어려서부터 직접 모이도 주고 예방 주사도 놓아 보았다는 닭 전문가 엄마의 솜씨와 살뜰한 보살핌 덕분이었다. 금방 죽을지도 모른다고 생각했던 샛노란 병아리들은 기특하게도 조그마한 부리로 모이를 꼭꼭 잘도 집어 먹었다. 너무 여려서 부서질 듯 약해 보이던 고것들은 두 계절이 지나도록 베란다 박스 안에서 무럭무럭 자랐다. 병아리들의 몸집이 점점 커져 날개를 퍼덕이다가 작은 종이 박스를 튀어 넘기 시작하자 좀 더 큰 박스, 더 큰 박스를 구해오며 집을 계속 넓혀주었다. 그마저도 자칫 잘못하면 베란다 난간 밖으로 뛰어 나갈 정도가 되어 어쩔 수 없이 시골 할머니 댁으로 데려다 놓을 수밖에 없었다. 넓은 시골 마당을 쏘다니며 본능적으로 먹이를 찾는 중닭이 되어 버린 병아리들이 너무 신기하고 기특했다.

그래서 이번에도 학교 앞 메추라기를 그냥 지나칠

수 없었다. 가만 볼수록 병아리보다 메추라기가 더 작고 가냘프게 보였다. 그 아이들을 구해주고 싶었다. 눈빛과 털색을 보고 신중하게 네 마리를 골랐다. 엄마의 정성과 우리의 보살핌이면 지난번처럼 잘 키워낼 수 있을 것이다. 어쩌면 어른 메추라기로 키워내 집에서 메추라기 알을 볼 수 있을지도 모른다. 가슴이 두근거렸다. 엄마는 뭐든 잘 살려낼 수 있으니 이 생명체도 분명 잘 키워줄 것이다.

엄마는 당혹스러워 하면서도 메추라기를 위해 금방 종이 상자 집을 마련해주었다. 어린 메추라기들은 체온을 조절하는 능력이 떨어져 따뜻하게 해주어야 한다고 했다. 조그마한 부리로 물을 마시는데 자꾸만 부리 주변 털에 물이 묻어 작은 몸을 파르르 떨었다. 보고 있기 안쓰러웠다. 내가 아끼는 보드라운 손수건을 곱게 접어 넣어주고 물과 사료, 신문지도 구겨 넣어주었다. 그리고 작은 그들의 보금자리 위에는 동그란 전구를 켜고 뚜껑을 덮어주었다. 혹여나 답답하지 않도록 앞뒤로 구멍을 내어 통풍도 잘 되도록 만들었다. 잠시도 멀리 떨어질 수가 없었다. 숙제를 하러 책상에 앉아도, 텔레비전에 좋아하는 만화 영화가 나와도, 메추라기 생각만 나면 쪼르르 달려가 틈새로 잘 있는지 확인하였다. 오 분이 멀다하고 그들의 안녕이 궁금해졌다. 조그마한 아가들의 보호자가 되다니, 그 사명감과 무게는 이루 말할 수 없이 중했다. 자기 전까지 계속 그것들을 보고 또 들여다보았다. 밤이 되어 자려고 누워서도 거실에 있는 메추라기들이 궁금해서 엉덩이가 들썩였다.

사형제에게 이름도 지어주었다. 가장 형같이 보이는 아이부터 차례로 일룸이, 이룸이, 삼룸이, 그리고 막내는 사룸이라고 지었다. 크기와 모양이 너무 비슷하여 조금만 한눈을 팔면 서로 헷갈리기 일쑤였으나 계속 들여다보다 보니 보송한 고동색 털 사이에 연한 갈색 털이 고유한 줄무늬를 이루며 등 쪽으로 섞여 있는 아이, 왼쪽 발톱 끝이 살짝 구부러진 아이, 정수리 털색이 좀 더 진한 아이 등 각각의 특징이 있었다. 막내 사룸이는 왠지 몸집이 좀 더 작았다. 사실 막내라는 것도 나의 상상일 뿐이었다. 실제로 같은 날 태어났는지, 아니면 먼저 태어났으나 덜 컸는지 모를 일이었다. 어린 메추라기들은 어둠 속에서 자기의 존재를 알리기라도 하듯 **삑삑** 소리를 내며 밤새 울어댔다. 어미도 없이 낯선 곳에 와서 어둠 속을 헤맬 것을 생각하니 얼마나 두려울까 싶었다. 엄마에게 부탁해 무섭지 않도록 작은 보조등을 옆에 켜 주었다.

다음날 아침은 소풍 가는 날도 아닌데 눈이 저절로 번쩍 떠졌다. 달려 나와 아가들에게 인사를 하였다. 다행히 밤새 잘 있었던 모양이다. 일룸이가 움직임이 조금 둔해 보이긴 했지만 잠에서 덜 깨어 그러려니 하였다. 학교 가기 직전까지도 거기에 매달려 아가들을 바라보고 있다가 겨우겨우 집을 떠났다. 마음 같아서는 주머니에 한 마리씩 넣어서 학교도 데리고 다니고 싶었지만, 엄마에게 잘 돌봐 달라고 신신당부했다. 떨어지지 않는 발걸음을 옮기며 머릿속엔 온통 메추라기 생각뿐이었다.

"누나 갔다 올게. 밥 잘 먹고 재밌게 놀고 있어!"

메추라기 위의 십자가 2

학교에서도 병아리와 메추라기 이야기가 친구들 사이에서 화두였다. 같은 분단의 성희는 메추라기를 다섯 마리 샀지만 아침에 보니 세 마리나 죽어 있었다고 했다. 따뜻하게 해주었냐고 물으니 그러지 않았다고 해서 우리 집의 메추라기 집을 그림까지 그려가며 열심히 설명해주었다. 남은 두 마리는 꼭 살려내길 바라면서. 하지만 내 짝꿍은 그럴 줄 알고 안 샀다고 했다. 어제 분명 친구에게 돈을 빌리려다 못 빌려서 사가는 다른 친구들을 부러워해 놓고 저런다. 거짓말이 분명했다. 민선이도 나처럼 네 마리를 샀는데 넷 다 아침까지는 삐약 소리를 내며 잘 돌아다니는 것을 보고 학교에 왔다고 한다.

친구들과 이야기를 하면 할수록 가슴 한 구석의 불안을 씻을 수가 없었다. '우리 룸이들은 나 없이 잘 있을까? 엄마가 잘 돌봐주고 있겠지? 너무 궁금해서 견딜 수 없었다. 수업이 끝나자마자 꽁지에 불이라도 붙은 듯 집으로 달려갔다.

"엄마, 엄마. 메추라기 잘 있어?"

숨도 안 쉬고 달려가 메추라기 집 앞에 앉았지만, 종이 상자 안에는 메추라기가 두 마리밖에 보이지 않았다. 숨을 헐떡이며 다시 찬찬히 내려다보았다. 상자 안은 크지도 않고 가려진 곳도 없어 딱히 숨을 곳이 없는데…. 차마 말로 하지 못했던 마음속 불안감이 현실로 나타나는 순간이었다. 마음에 계속 걸렸던 막내 사룸이와 아침에 조금 둔하게 졸고 있던 일룸이가 보이지 않았다. 머리를 한 대 얻어맞은 것처럼 띵했고 나도 모르게 손이 떨렸다. 조용히 엄마를 눈으로 쳐다봤다.

"오늘 아침부터 계속 몸을 떨더니 오전에 두 마리가 죽었어."

엄마가 한편에 고이 놓아 두었던 작은 상자에 차갑게 식어 버린 두 마리의 아가들을 보여주었다. 발이 이상하게 뒤틀려 있었고 작은 몸이 더 작아진 것 같아 보였다. 믿기 힘들었다. 아침까지도 분명 모이를 쪼아 먹고 물을 마시고 **빽빽**거리며 울어대던, 보드랍고 따스한 아가들이 이렇게 차갑게 식어 있다니.

죽을 수도 있다는 것을 알고 있었다. 하지만 죽을 수 있다는 것을 머리로 아는 것과 실제 죽음을 목도하는 것은 너무나 다른 일이었다. 내 앞에 지금 온 마음 다해 보살피던 두 생명체가 죽어 있다는 것이 도저히 실감나지 않았다.

눈물이 핑 돌았다. 본능적으로 남아 있는 이룸이와 삼룸이에게 시선이 갔다. 제발 남은 두 마리만이라도 건강하게 살았으면 좋겠다. 그런데 아침에 비해 왠지 움직임이 덜한 것 같아 보였다.

"엄마, 얘들은 괜찮은 거지? 좀 졸린 것 같아 보여."

엄마는 그저 말없이 고개를 끄덕였다. 병아리를 닭으로 키워낸 엄마가 보란 듯이 남은 두 마리의 아기 메추라기도 어른 메추라기로 키워줄 것이라 간절히 믿고 싶었다.

십자고상 앞에 무릎을 꿇고 제발 저 아기 메추라기 두 마리를 살려 달라고 하느님께 간청했다. 저 아이들이 살아서 잘 커준다면 앞으로 숙제도 잘 하고 엄마 말도 잘 듣고 동생에게 장난감도 다 양보하겠다고 기도했다. 하지만 간절한 바람은 한 시간도 안 되어 서서히 식어 가고 있었다. 점차 움직임도, 빽빽 소리도 잦아들

던 이룸이와 삼룸이는 첫째와 막내를 따라 서둘러 세
상에 이별을 고하고 말았다. 마치 떠나기 전 마지막 인
사를 하기 위해 날 기다려준 것만 같았다. 채 식지 않
은 가녀린 몸뚱이를 들어 먼저 간 일룸이와 사룸이 옆
에 조심스레 눕혔다.

어젯밤에 엄마가 상자를 자주 건드리지 말라고 했
는데 말을 안 듣고 가까이에서 쳐다봐서 그런 걸까?
물을 마시고 젖은 털을 좀 닦아줄 걸 그랬나? 집이 너
무 좁았나? 아니면 전구의 온도가 너무 낮았나? 계속
머릿속 가득 잘못한 것만 떠올랐다. 손으로 만지지 않
고 그냥 두었더라면, 물에 젖은 털을 닦아주었더라면,
집을 더 넓혀주었더라면 살 수 있었을까. 애초에 내가
이 아이들을 데려오지 않았으면 그냥 거기서 친구들
과 함께 잘 살아 있었을지도 모를 일이었다. 자꾸 모든
것이 내 탓인 것만 같았다. 미안하고 또 미안했다. 엄
마가 내 마음을 읽었는지, "이 메추라기가 너무 약한
애들이라 그래. 아무리 좋은 환경이라도 오래 살기 어
려웠을 거야." 하고 위로해준다. 아직도 죽음이 잘 믿
겨지지 않았다. 하루아침에 어떻게 이렇게 허무하게
떠나가 버릴 수 있지? 이 아이들도 엄마가 보고 싶었

던 걸까? 너무 어린 나이에 엄마랑 떨어져서 그리움 때문에 못 견디고 세상을 떠나 버린 걸까. 모든 것이 무너져 내리는 것만 같았다. 엄마가 목 놓아 우는 나를 보고 더 속상해 했다.

오후 느지막이 겨우 진정을 하자 엄마가 메추라기 형제들이 편한 곳에서 영원히 잠잘 수 있도록 작은 장례식을 해주자고 했다. 엄마와 동생과 함께 메추라기 사형제를 상자에 안아 든 채 볕이 잘 들고 사람 손이 타지 않을 한적한 언덕을 찾았다. 들고 나온 꽃삽으로 자그마한 자리를 마련하여 상자를 묻었다.

'잘 가. 메추라기들아. 더 많이 잘해주지 못해서 미안해. 부디 좋은 곳으로 가렴. 그곳에서는 춥지도 않고 먹이도 많고 또 언젠간 보고 싶은 엄마 품 안에 안길 수도 있을 거야. 하루라도 함께 있을 수 있어 행복했어. 고마워.'

눈을 감고 기도를 한 후 조심조심 흙으로 잘 덮어주었다. 봉긋하게 둔덕을 만들고 그 위에 어설프게나마 나뭇가지를 가로 세로로 엮어 만든 십자가를 꽂아주었다. 그렇게 죽음이라는 것을 처음 경험했다. 그날 이후, 한동안 좋아하던 메추리알 장조림도 목이 메어 먹기가 힘들었다.

작은 나보다 더 작던
어린 친구가 생긴 적이 있나요?

엄마 놀이

놀이터에 나가면 언제나 시간 가는 줄 모르고 놀았다. 학교에 다녀와 가방을 벗어던지고 간식을 먹은 후 동생과 동네 친구들과 같이 뛰어나가면 해가 어둑어둑해져서야 들어왔다. 놀이터에는 놀 것이 무궁무진했고 그래서 매일 새로웠다.

그네나 시소, 미끄럼틀 같은 놀이 기구를 타는 것도 재밌었지만 무엇보다도 즐거운 것은 모래 놀이였고, 모래를 이용한 많은 놀이 중에 해도 해도 질리지 않는 놀이는 단연 '엄마 놀이'였다. 학교 놀이, 병원 놀이, 동물 놀이 등 다양한 역할 놀이들을 해봤지만 역시 엄마 놀이만한 것이 없었다. 다만 같이 놀이하는 동생과 또래 친구나 언니 중에 단 한 명만이 엄마가 될 수 있었기 때문에 그 자리를 맡는 것은 치열했다. 당연한 이야기이지만, 엄마 놀이의 주연은 '엄마'이기 때문이다. 꼭 서열에 따라 가장 큰 언니가 엄마를 한 번 맡아야 다음으로 동생들에게 엄마 역할이 주어지곤 했다.
그만큼 놀이에서도 엄마라는 존재는 모두에게 절대적
이었다. 엄마 역할 대신 아이들 역할이나 남편 역할을
맡은 사람은 빨리 제 차례가 되어 엄마를 맡기를 원했
다. 그래서 엄마 놀이에는 엄마도 아빠도, 아이들도 심
지어 가끔은 키우는 강아지 역할까지도 있었지만 '가
족 놀이'가 아니라 '엄마 놀이'로 불리는 것이 당연하
게 여겨졌다.

엄마 놀이는 말 그대로 엄마가 중심이 되는 역할 놀
이였다. 엄마가 늘 집에서 하는 것처럼 흉내를 냈다.
까맣게 잘 익은 붓꽃 씨앗을 모아서 이로 톡하고 가르
면 그 안에서 하얀 분가루가 터져 나왔다. 화장품처럼
하얀 붓꽃 씨앗 안의 가루를 피부에 발랐고 그럼 마치
화장을 한 것처럼 얼굴이 뽀얗게 되었다. 엄마처럼 예
뻐진 것 같아 기분이 좋아졌다. 놀이터의 한 공간을 집
으로 꾸민다. 어떤 공간이든 엄마의 손이 닿으면 그곳
은 마술처럼 깨끗해졌다. 집으로 정한 그 공간을 깨끗
하게 정돈하여 보기 좋게 만들었다. 그리고 무엇보다
중요한 것은 가족들이 먹을 밥을 짓는 일이었다. 엄마
가 하듯이 정성스럽게 가족들의 식사를 준비한다. 열

매를 돌로 찧고 솔잎을 잘게 썰어 반찬을 만들고 젖은 흙을 꼭꼭 눌러 담아 고봉밥을 지어냈다. 그렇게 아침밥을 먹이고 아이들에게는 "학교 잘 다녀오렴." 하며 학교에 보내고, "여보, 안녕히 다녀오세요." 하고 남편을 회사에 보냈다. 온 집안을 청소하고 엄마처럼 컵을 호호 불며 커피를 마시고 책을 읽었다. 다시 오후가 되어 학교에서 다녀온 아이들에게 먹을 것을 차려주고 밤이 되면 피곤한 가족들을 따뜻하게 맞아 씻기고 잠자리에 재워주는 역할, 그 역할이 얼마나 따뜻하고 위대하고 재미있는지 모른다. 집에서 엄마가 하는 말투를 기억해 그대로 따라 해본다.

우리 엄마는 예전에 엄마이기 전, 아빠의 아내이기도 전에는 선생님이셨다고 한다. 학교에서 큰 언니, 오빠들에게 국어를 가르치는 선생님이셨단다. 그리고 '감히 글 같은 것'을 쓰고 싶었다고 했다. 처녀적 청계천 다리 아래를 쏘다니며 어렵게 수집했다던 책 무더기들은 20대 청춘이었던 엄마의 꿈을 간직한 채 서재 구석 책꽂이 가장 높은 곳에 고이 꽂혀 있다. 엄마 말로는 이제 어디에서도 구할 수 없는 '어느 시인의 초판 시집'이고 저건 '어느 작가의 유고집'이라고도 했다. 퀴퀴한 종이 곰팡내가 물씬 풍기는 너덜하고 누런 책을 펼치면 한글 반, 한자 반의 읽기도 버거운 글씨들이 세로쓰기로 빼곡히 들어차 있었다. 엄마는 공부도 많이 했고 그래서 하고 싶은 것도 많았다고 한다. 그런데 결혼을 하고 갑자기 내가 엄마에게 찾아와 꿈을 잠시 접어두었다고 한다. 그래서 지금의 엄마가 되었다. 엄마는 우리와 함께 종일 집에 있다. 한때는 엄마도 세련된 정장을 입고 반짝이고 또각또각거리는 높은 구두를 신고 다녔겠지. 지금은 아빠 회사 동료의 결혼식이나 서울에 있는 친구들을 만나러 갈 때만 가끔 하는 예쁜 색의 화장을 매일 곱게 하고 다녔겠지. 그래서일까. 엄마가 젊었을 때의 사진을 보면 지금의 엄마와는 많이 달라 보였다. 엄마도 젊고 세련되고 날씬했던 시간이 있었나 보다. 내가 모르는 엄마의 시간이 있었나 보다.

어쨌든 지금의 엄마가 나에겐 최고다. 엄마는 화장을 해도 예쁘고 안 해도 예쁘다. 아이 둘을 낳고 나니 허리 사이즈가 확 늘어서 청바지를 못 입겠다고 한다. 사진 속 늘씬한 엄마도 예쁘지만, 쭉쭉 늘어나는 고무줄 치마나 몸빼바지를 입은 엄마는 편해서 좋다. 빠르

게 일을 해내는 엄마도 멋있지만, 느린 나의 속도를
한 발자국 뒤에서 기다려주는 엄마는 따뜻하다.

엄마가 너무너무 좋았다. 그래서인지 엄마를 따라
하는 엄마 놀이만큼 신나는 놀이가 또 없었다. 엄마는
여전히 나의 온 세상이었고 온 우주였다. 머리가 좀 굵
은 동네 언니 오빠들은 엄마를 벗어나는 것이 마치 어
른스러운 것인 양 굴었지만, 결국 그들도 돌아갈 곳은
엄마 품밖에 없다는 것을 알고 있었다. 어떤 잘못을 저
질러도 내치지 않고 감싸 안아줄 단 한 곳은 엄마 품뿐
이었다.

엄마는 아빠처럼 밖에서 일하는 엄마가 아니라 나
도 엄마처럼 꿈이 작아져 버릴까 조금 걱정하시는 듯
했다. 그래서인지 종종 커서 무엇이 되고 싶은지 물
었고 하고 싶은 건 뭐든지 할 수 있다고 해주셨다. 시
인도, 화가도, 수녀님도, 선생님도, 작가도. 시시각각
변하는 나의 꿈에도 매번 나와 무척 잘 어울린다고
말해주곤 했다. 그래서 엄마와 함께라면 두려울 것이
없었다.

갑자기 궁금해졌다. 엄마도 '엄마 놀이'를 하던 시절이 있었을까? 엄마도 지금의 엄마 같은 엄마가 되기를 꿈꿨을까? 물어본 적이 없어서 모르겠다. 크면 나도 엄마 같은 좋은 엄마가 될 수 있을까. 누군가에게 온 우주가 되어줄 수 있을까.

미녀와 야수의 도서관

어느 날 엄마와 아빠는 오래되고 좁은 책장을 비집고 넘어서서 점점 늘어나는 책을 어떻게 잘 정리할 수 있을까 궁리를 했다. 큰 책장을 대책 없이 더 들이려니 집이 좁았다. 책은 각자의 개성을 뽐내듯 높이도 뒤죽 박죽, 두께도 제멋대로였다. 최근에 더해진 브리태니커 백과사전은 그 위용을 자랑하듯 큰 부피로 책장의 가장 많은 공간을 차지하고 있었다. 엄마와 아빠가 학창 시절부터 가지고 있었던 책들과 엄마가 한 권씩 사다 모으시는 대하소설 시리즈, 우리의 60권짜리 만화 삼국지와 각종 어린이 소설 전집, 서점에 갈 때마다 사다 모은 낱권의 책까지. 아빠는 문제가 발생하자 당장 건축가의 기질을 발휘했다. 두껍고 단단한 나무판을 서재 벽 사이즈에 맞게 여러 장 짜왔다. 딱딱한 판자임에도 불구하고 플라스틱이나 철재와는 달리 나무에서 느껴지는 특유의 부드러움과 따스함이 손끝으로 전해져 왔다. 그리고 벽돌을 베란다 가득 사왔다. 어디서 파는지 가늠조차 되지 않는 페인트와 신나, 붓까지. 전문 재료와 도구들이 구색을 갖췄다. 그렇게 본격적인 작업이 시작되었다.

아파트 복도에 신문지를 길게 깔고 그 위에 벽돌을 일렬로 쭉 늘어세웠다. 페인트를 잘 섞어 깔끔하고 세련된 밝은 회색 빛깔을 만들어냈다. 우리가 할 수 있는 일은 벽돌을 한두 장씩 들고 나르거나 엄마와 아빠를 졸라 붓질을 하겠다고 우기는 것뿐이었다. 그렇게 여섯 면이 모두 새로운 색으로 갈아 입혀져 자연 바람에 잘 건조되었다. 한 번 칠한 것보다 두 번, 세 번 칠해진 면이 훨씬 깔끔하게 제 색을 발했다.

무슨 일이든 노력과 시간을 들일수록 완성도가 높아지는구나.

창문도 없는 아파트 복도에 페인트 냄새가 진동을 했다. 옆집과 그 옆집의 옆집까지 미리 양해를 구해 놓은 것이 다행이었다. 호기심 어린 눈으로 지켜보는 동네 친구들 앞에선 어깨에 힘이 잔뜩 들어가 으스대며 페인트칠을 해보이곤 했다. 양쪽으로 벽돌을 두 장씩 지그재그로 겹쳐 여섯 단 정도 쌓아 올렸다. 쌓아진 벽돌을 기둥으로 하여 반질반질 잘 빠진 나무판자를 올리고 그 위로 다시 벽돌 여섯 단, 그 위에 다시 나무판자. 그렇게 몇 번 반복하고 나니 서재의 한쪽 벽에 가득 들어찬 멋진 책장이 완성되었다. 다시 또 다른 벽면에 같은 작업을 반복하자 서재 두 벽면이 거대한 책장으로 변했다. 서재가 서재다워지는 순간이었다. 예전에 쓰던 가녀린 책장에 위태롭게 뒤죽박죽 누워 있던 책들을 차례차례 옮겼다. 책들도 제자리를 찾고 나니 더 매력적으로 보이는 듯했다. 책이 책장에 차오를수록 여유 공간이 생겨서일까. 숨통이 트였다.

엄마와 아빠 덕분에 글을 읽고 쓰는 일이 때로는 말보다 편하게 느껴졌다. 말로 이해하지 못하는 것은 글로 이해했고, 말로 다하지 못하는 것을 글로 적었다. 누군가 내게 '말을 잘 하는 능력'과 '글을 잘 쓰는 능력' 중 한 가지만 선택할 수 있게 해준다면 어떤 능력을 받을까. 말과 글에 대한 이런저런 생각을 하며 서재를 바라본다. 책을 모두 옮겨 놓고 나니 마치 '미녀와 야수' 애니메이션에서 야수가 깜짝 선물로 미녀 '벨'

의 눈을 가리고 데려가 보여주었던 성에 숨겨진 웅장한 도서관같이 느껴졌다. 물론 우리 집은 성이 아니라 낡은 아파트 좁은 방 한구석이지만, 마음만은 이미 미녀 '벨'이 되어 한쪽 손에 책을 들고 뱅글뱅글 돌며 서재를 누비고 있었다.

"너에게 세상에서 가장 예쁜 말을 선물하고 싶어."

아기 사슴 뚤새

삐삐, 뽀삐, 순아, 돌팔매, 곱슬이, 바들이, 한섬이, 한 짱이.

지금까지 우리 집을 거쳐 간 강아지들의 이름이다. 큰집에 놀러 갔다가 사촌 언니에게 졸라서 몇 달을 데리고 있다가 보내주기도 했고, 몇몇은 할머니 집 마당의 똥개가 새끼를 낳으면 그 중 한 마리를 얻어 오기도 했다. 대부분 유럽 어디에서 왔다거나 어느 황실에서 키웠다거나 지능이 높아 훈련을 시키면 훌륭하게 제 역할을 소화해낸다거나 하는, 족보가 훌륭한 품종은 아니었다. 그냥 흔히 말하는 '똥개'였다. 진짜 똥을 먹어서 똥개라 하는 것은 아니고 그저 그냥 그렇게 부르는 듯했다.

모든 생명의 새끼들은 다 귀엽고 경이롭지만, 그중에서도 나는 똥개 새끼들만큼 귀여운 것을 보지 못했다. 갓 태어난 강아지들은 꼬물꼬물 집 안에 모여 연분

홍빛 속살을 보이며 눈도 못 뜨고 누워 있다. 종일 엄마 젖을 물고 먹고 자고 또 먹고 잔다. 아직은 털도 없고 또 눈도 코도 제대로 보이지 않는다. 그렇게 보름 정도가 지나면 겨우겨우 바늘구멍 같은 실눈을 뜨고 세상을 보기 시작한다. 촉촉이 젖은 코에도 제법 까맣게 색이 내려앉는다. 가까이 다가가기도 조심스러웠던 아이들을 그제야 좀 더 자세히 들여다본다. 오동통하게 오른 젖살에 아직 눈을 뜬 지도 얼마 되지 않아 뒤뚱뒤뚱거리며 사방팔방 천지를 모르고 비틀대는 모양이 무척이나 앙증맞다. 할머니가 조심스레 한 마리를 꺼내어 품에 안겨주신다. 조그마한 몸집이 두 팔 안에 들어오면 그 작은 몸뚱이에서 전해져 오는 따스한 온기에 마음이 사르르 녹아내렸다. 새끼 강아지를 안고 있는 것은 나이지만, 마치 강아지가 나를 안아주는 것처럼 온몸이 포근하게 데워졌다. 꼬물꼬물 작지만 위대한 생명체가 품에 들어오는 순간 얼마나 신비롭고 경이로운지 홀랑 마음을 다 빼앗기고 만다.

우리 집을 거쳐 간 여러 강아지 중 가장 기억에 남는 강아지는 바로 똘새다. 한눈에 봐도 똘똘해 보이는 녀석의 반짝이는 눈망울을 보고 지어준 이름이다. 시골에 계시는 아빠 친구 댁에 놀러 갔다가 분양할 곳이 없어 남겨진 몇 마리 중 유독 눈에 띄고 똘똘해 보이는 이 녀석과 함께 집에 가기로 했다. 어미 개와 떨어져 차를 타고 세 시간이 넘는 거리를 달려 도심의 아파트로 데려오고 나니 그렇지 않아도 작은 아이가 더 작고 애처로워 보였다. 우리는 똘새가 새로운 집에 잘 적응할 수 있도록 포근한 집도 마련해주고 물과 사료통도 예쁘게 마련해주었다. 엄마는 털이 날리는 것이 싫어서 강아지를 식탁이나 침대에 올리는 것을 금지했지만, 밤이면 우리는 몰래 똘새를 데려다 침대에 눕혔다. 까맣게 반짝이는 눈망울은 크고 맑아서 건드리면 금방이라도 눈물이 쏟아질 것만 같았다. 내게 몸을 부비며 안정을 찾고 기대어 잠드는 자그마한 아이를 보며 이것이 사랑에 빠지는 것이구나 싶었다. 우리는 우리가 할 수 있는 방식대로 온 마음을 다해 똘새를 사랑했다.

똘새는 똥개치고 다리가 길었다. 늘씬하고 긴 다리에 반짝이는 털, 맑은 눈망울 덕분에 똥개가 아니라 작은 아기 사슴 같아 보였다. 생긴 것만큼이나 성격도 매우 깔끔했다. 대소변 훈련은 거의 하루 이틀 만에 완벽하게 해냈고 실수를 하는 일도 좀처럼 없었다. 강아지들이 겪는 여러 질병에도 강했다. 그래서 눈곱이 끼거나 콧물을 흘리거나 또는 귀에서 냄새가 나거나 피부의 각질이 일어나는 등 거추장스럽고 흔한 잔병 증상조차 잘 보이지 않았다. 똥개 종자가 워낙 면역력이 강한 종인지 아니면 똘새가 스스로 위생 관리를 잘 하는 것인지 궁금할 지경이었다. 우리는 늘 하던 대로 정기적으로 샤워를 시켰고 허락된 사료를 주식으로 먹였으며 산책도 종종 시켜주었다. 하지만 우리 집을 다녀간 어떤 강아지들 중에서도 유독 깨끗했고 별다른 관리 없이도 늘 털은 반지르르하게 윤기가 흘렀다.

얼마나 영리한지 가족과 다른 사람은 확실히 구별했고 타인을 경계했다. 먼저 달려가 타인을 공격하지는 않았지만 모두에게 호의적이지도 않았다. 그 경계를 푸는 데에는 시간과 노력이 필요했다. 무척 애교가 많고 사랑스러웠지만, 그것을 아는 것은 우리 가족밖에 없었다. 그래서 더 충직하고 특별하게 느껴졌다. 또이전의 강아지들과 달리 훈련이 가능했다. 몇 번의 반복된 연습과 간식만 있으면 금방금방 새로운 것을 배워나갔다. "앉아." "일어나." "기다려." "돌아." "손" 하는 간단한 동작은 물론 손가락 총으로 "빵!" 하면 쓰러지는 연기까지 했다. 사실 다른 강아지들이 할 때는 별로 재미도 없던 것들이었는데 우리 강아지가 하니 얼마나 신기하고 영특한지, 데리고 나가 온 세상에 자랑이라도 하고 싶었다. 똘새의 지능은 사람과 비슷할 것만 같은 생각이 들었다.

얼마가 지나자 뾰족하게 잇몸을 뚫고 나오는 이빨이 간지러운지 아무 데고 물어뜯고 이를 갈아대느라 정신이 없다. 우리는 경험을 통해 알고 있었다. 이갈이하는 강아지의 파괴력을. 자기 눈높이의 원목 가구와 이리저리 얽힌 전선은 가장 만만한 씹을 거리가 되곤 했다. 우리의 가구와 가전을 보전하려면 단단한 개껌과 수건, 구멍난 양말들을 가지고 열심히 유혹해야만 했다. 우리도 이가 하나둘 빠지고 영구치가 나는데 강아지도 똑같은 과정을 겪는 것이 너무 신기했다. 겁이 많은 나는 흔들리는 유치를 하나 뽑을 때마다 엄마와 종일 어마어마한 실랑이를 벌여야 하는데, 조용히 개껌을 물어뜯다가 흔들리던 이빨을 툭 하고 혀로 밀어내는 똘새가 무척 기특했다.

우리는 아기 때 났던 이가 흔들려 빠지면 깨끗이 씻

어서 유리병에 밀봉하여 보관하였다. 그랬다가 어느 날 우리에게 의미 있는 어떤 장소에 가서 – 예를 들면 할머니 집 마당, 키우던 메추라기 무덤 옆, 성당 화단 등 – 조심스레 묻는 의식을 행하곤 했다. 젖니를 잘 묻어줘야 새로 나는 어른 이가 튼튼하고 예쁘게 자란다고 믿었기 때문이었다. 그래서 강아지도 그 의식에 동참시켰다. 우리 젖니 옆에 강아지 이빨도 함께 고이 묻었다. 우리가 자라는 만큼 강아지도 함께 자라겠지.

학교에서 돌아와 지친 날에도 문을 활짝 열면 제일 먼저 달려와 꼬리를 흔들며 품에 쏙 안기는 똘새. 이 친구만 있으면 모든 안 좋은 일도 다 잊히는 듯했다. 축 처진 귀와 짧은 꼬리를 살랑살랑 흔들며 우리 주변을 돌아다니는 똘새가 그지없이 사랑옵다. 우리랑 건강하게 오래오래 함께 살자, 아기 사슴 똘새야.

민들레 뿌리

아빠에게는 나이 차이가 많이 나서 어릴 때 거의 아버지처럼 의지했다는 큰형이 있다. 큰형은 어렸을 적부터 시골 동네에서 수재로 유명했다고 한다. 워낙 뛰어난 학업 성취도를 보여서 자식들 공부에 크게 열렬하지 않았던 할머니와 할아버지도 큰아버지는 일찍부터 서울로 유학을 보내실 수밖에 없었다고 한다. 큰아버지는 서울로 올라가 공부를 오래 했고, 잘은 모르지만 그에 걸맞은 멋있는 일을 해서 늘 할머니가 입이 마르도록 자랑스러운 맏아들 칭찬을 했다. 그 칭찬에서 빠지지 않는 것 중 하나가 지금 할머니, 할아버지가 살고 있는 기와집을 짓는데 큰돈을 보탰다는 것이었다.

   큰아버지를 닮은 정 많고 똑똑한 사촌 오빠와 예쁘고 야무진 사촌 언니는 우리가 서울에 갈 때마다 얼마나 우리와 재밌게 놀아주는지 허락만 하면 큰집에서 살고 싶을 정도였다. 하지만 서울은 너무 멀어 설과 추석, 시골에서 온 가족이 다 같이 모이는 날 빼고는 언니, 오빠를 볼 수 없는 것이 큰 아쉬움이었다.

그러던 어느 날, 큰아버지가 아프시다 했다. 우리는 갑작스럽게 병원에 입원하신 큰아버지를 보러 서울에 다녀갔지만 금방 퇴원을 하셨다. 그리고 얼마 지나지 않아 아빠는 큰아버지에게 대구로 내려와 가까이 살 것을 권했고, 큰아버지는 서울에서 다니던 직장을 정리하고 우리 집에서 아주 가까운 곳에 집을 마련했다. 그리고 아파트에서 멀지 않은 곳에 작은 빵집을 운영하기 시작했다. 그토록 보고 싶던 언니와 오빠가 갑자기 대구에서 중학교와 고등학교를 다니게 되었다. 그저 오빠와 언니를 자주 볼 수 있어서 더할 나위 없이 기뻤다. 언니는 늘 예쁜 그림을 그려주었고 이것저것 소품을 꺼내다 공주처럼 꾸며주었다. 우리가 너무 좋아하는 보물찾기도, 문방구 쇼핑도 마음껏 시켜주었다. 그토록 하고 싶은 폭죽놀이도 원 없이 할 수 있었다. 그래서 언니, 오빠만 따라다니면 우리는 매일이 생일 같았다.

큰아버지는 다시 건강을 회복하시는 듯했지만 완전히 낫기 위해서는 조금 더 시간이 필요하다고 했다. 병원에 입원해 다시 수술을 했고 또 퇴원을 했다. 어쨌든 퇴원을 한다는 것은 좋은 일이리라. 큰아버지가 아픈 것은 속상했지만 기도 말고 무엇을 할 수 있는지 잘 모르겠다. 큰집에 가서 웃어도 되는 것인지 안 되는 것인지 헷갈렸다. 예전처럼 큰아버지께 말을 걸고 언니와 오빠에게 장난을 쳐도 되는 건지도 잘 모르겠다. 그리고 나보다 훨씬 속상할 아빠와 큰엄마, 그리고 언니, 오빠 때문에 나도 모르게 눈치를 보았다. 조금 더 조심히 행동했고 좀 더 조용히 웃었다.

봄이 되자 엄마는 우리 손을 잡고 아파트 화단으로 나가 지천으로 피어 있는 민들레를 캐기 시작했다. 민들레는 꽃도 예쁘고 흩날리는 꽃씨는 더 매력적이었다. 그러나 지금 우리에게 필요한 것은 꽃이나 꽃씨가 아니라 민들레 뿌리라고 했다. 민들레 뿌리를 씻어서 잘 말려 끓여 마시면 큰아버지 병에 도움이 된다고 했다. 기도 말고 내가 할 수 있는 일이 있다니 갑자기 비장한 의무감이 들었다. 처음엔 도토리를 줍는 것처럼 놀이 삼아 했지만, 시간이 지나고 허리가 아파도 꾹 참을 수 있었다. 무엇이라도 할 수 있는 것이 있다니. 매일 학원에 안가고 민들레 뿌리를 캐라고 해도 할 수 있을 것만 같았다.

우리는 그렇게 엄마를 따라 며칠간 화단에서 비닐 봉지를 들고 쪼그려 앉아 민들레를 캤다. 뿌리 하나를 캐어 올릴 때마다 정성스레 마음을 담았다.

'큰아버지가 다시 건강해지게 해주세요.'

우리의 마음이 전해지면 분명히 큰아버지는 다시 예전처럼 살이 찌고 건강해지실 테다. 그럼 서울에서 우릴 맞아주실 때처럼 활짝 웃어주시겠지.

어떻게 언니와 오빠를 위로해야 하는지 모른다. 어떻게 큰엄마의 기분을 좋게 할 수 있는지 모른다. 큰아버지가 얼른 완쾌하시길 기도하는 것 말고는 내가 할 수 있는 유일한 일이 이것뿐이기에 오늘도 한 뿌리, 한 뿌리 더 정성을 들여 캐어 올린다.

"후— 불면 날아가는 민들레 홀씨를 따라
오즈의 나라에 가보고 싶었지."

어른이 된다는 것

크리스마스는 산타 할아버지 덕분에 기다려졌다. 예수님이 태어나신 날이기에 기다리는 것이라 성당에서 배우긴 했지만, 실상 산타 할아버지가 갖다줄 선물이 기다려지는 것은 어쩔 수 없었다. 갖고 싶은 걸 기가 막히게 알고 전해주는 산타 할아버지는 정말 신비한 존재였다.

작년에는 산타 할아버지가 적어주신 카드를 열어 보았는데 아빠 글씨체랑 너무 똑같아 보였다. 엄마, 아빠에게 들고 가서 "이거 아빠 글씨체랑 똑같아!"라고 말했더니 아빠가 당황하며 사실을 말해주었다. 어젯밤에 산타 할아버지가 새벽에 오셨는데 카드를 못 썼다고 하여 아빠가 급하게 받아 적었다고 했다. "세상에. 그럼 아빠는 산타 할아버지를 봤다는 말이야?" 놀라웠다.

또 이상한 점을 발견했다. 우리 집 서재에는 쓰고

남은 포장지가 돌돌 동그랗게 말려 보관되어 있었는데 일 년 넘게 꽂혀 있던 황금색 포장지로 선물이 포장되어 있었다. 서재에 가 보니 그 포장지가 없어졌다. 이건 분명히 그 포장지가 맞다. "엄마, 이거 방에 있던 포장지야! 내가 분명히 봤는데 우리 집에 계속 있던 거 맞아!" 호들갑을 떠니 엄마가 놀라며 맞다고 했다. 산타 할아버지가 올해는 좀 급하게 오느라고 선물은 가져왔지만 포장을 못 해서 아빠는 카드를 받아 적고, 그 사이에 엄마는 집에 있는 포장지로 포장을 했다고 했다. "엄마. 산타 할아버지는 외국인인 것 같던데 엄마, 아빠한테 한국말로 이야기 해?"라고 물으니 산타 할아버지는 온 세계 말을 다 할 수 있다고 했다. 이번엔 "그러면 진짜 밖에 루돌프가 있었어?"라고 물으니 그렇다고 했다. 근데 너무 깜깜한 밤이고 엄마랑 아빠도 자다 깨서 아주 자세히 보지는 못했다고 했다. 아쉬웠다. 나를 좀 깨워주지.

우리 아파트 같은 층에는 나보다 한 살 위의 같은 학교에 다니는 언니가 살았다. 그 언니는 우리보다 훨씬 똑똑했고 아는 것도 많았다. 언니는 어른들이 읽는 '무궁화 꽃이 피었습니다' 같은 책을 읽는다고 했다.

나는 똑똑한 언니랑 친구인 것이 늘 자랑스러웠다. 언니에게 산타 할아버지 이야기를 했다. 언니는 묵묵히 듣고 있다가 한숨을 쉬었다.

"니는 아직도 산타를 믿나?"

무슨 말인지 이해가 되지 않았다. 산타를 믿다니? 나는 예수님을 믿지만 산타를 믿지는 않는다. 어리둥절해하자 언니가 "산타는 없다. 엄마, 아빠가 산타인 것처럼 선물을 주는 거다."라고 하는 게 아닌가. 할 말을 잃었다. 집에 와서 곰곰이 생각해 보다 갑자기 속이 상해서 울고 있으니 엄마가 깜짝 놀라 묻는다.

"왜 그래?"

"엄마, 진짜 산타 할아버지는 없어?"

그랬더니 누가 얘기해줬는지 묻는다. 언니가 말해줬다고 하니 엄마가 "산타 할아버지를 믿는 사람에게는 산타 할아버지가 있고, 안 믿는 사람에게는 없는 거야."라고 했다. 위로가 되지 않았고 무슨 말인지 이해도 안 되었다. 그렇게 설레며 기다렸던 산타 할아버지가 가짜라니 말로 표현할 수 없이 마음이 상했다.

그래도 크리스마스 선물은 있겠지? 크리스마스 아침, 벤자민 크리스마스트리 아래를 살펴보았다. 동생

선물만 있었다. 어떻게 이럴 수가 있지? 서운하고 화가 났다. 동생 몰래 엄마에게 달려가 조용히 왜 내 선물은 없는지 물어보니, 산타 할아버지는 산타 할아버지가 있다고 믿는 어린이들에게만 선물을 주는 것이라고 했다. 다음날 학교에 가서 친구들과 이야기를 해보았더니 친구들은 이미 다 알고 있었다. 산타 할아버지는 엄마와 아빠라는 것을. 하지만 별로 억울한 것 같지 않았다. 그런 건 애들이나 믿는 거라고 했다. 동생은 모르는 사실을 나만 알고 있다고 생각하니 좀 위로가 되는 것 같았지만, 이렇게 바로 선물을 안 주는 것은 정말 너무하다는 생각이 들었다. 산타 할아버지가 없다는 걸 알기 전으로 돌아가고 싶었다.

이렇게 어른이 되는 것이라면 좀 더 천천히 어른이 되고 싶었다.

PART 2

반짝이는 나의
라임 오렌지 나무 아래서

—— 밍기뉴, 널 따라 한 뼘씩 자랐네

나를 치료하는 방법은 의사 선생님이 아니라
저 나무가 알고 있는 것 같아요.
햇살 가득 눈부신 저 나무 아래 누워 새 소리를 듣고 있으면
어디가 아팠었는지도 잊어버려요.

아기 염소의 꿈

아빠가 어렸을 적엔 사과 창고였었다는 담이 낮은 염소 우리에는 옹기종기 까만 염소 다섯 마리가 살고 있다. 염소에게 풀을 먹이러 갈 시간이 되면 큰 염소 세 마리는 목에 줄을 매어 할아버지가 앞서 끌고 가고 새끼 염소는 따로 목줄을 묶지 않고 풀어준다. 이리저리 사방을 경계하는 눈빛으로 쳐다보던 겁 많은 새끼 염소는 사람 손이 가까이 닿을 새라 통통 뛰어 제 어미 곁을 따른다. 염소 쪽에서 후드득 소리가 나서 돌아보면 잘 야문 검은 콩 같은 염소 똥이 마른 나뭇잎 위로 쏟아지듯 떨어진다. 어쩜 똥도 저렇게 야무지게 생겼을까. 우리에서 나와 탁 트인 마을길을 따라 염소들을 몰면서 이마에 땀이 송골송골 맺힐 정도로 걷다 보면 경운기 한 대가 들어갈 만한 넓이의 구부러진 오솔길이 나온다. 탁 트인 마을길의 따사로운 햇살과 달리 오솔길 그늘로 접어들면 금방 청량한 숲의 기운이 느껴진다.

마을길에서는 안 보이던 예쁜 야생 들꽃이 오솔길에는 훨씬 더 많다. 노란색 하늘하늘한 치마 같은 꽃, 연보라색에 잔털이 보들보들한 꽃, 진분홍색의 몽글몽글한 모양의 꽃, 파란색의 내 손톱보다 작은 애기꽃, 하얀색의 동글동글한 꽃, 연두색의 나비를 닮은 꽃. 인공적으로 섞어 놨으면 정말 촌스러웠을 색들의 조합이 자연 속에 섞여 있으니 이보다 더 조화롭게 아름다울 수가 없다. 양손 바쁘게 꽃을 뜯어 모으며 염소들과 야트막한 평지에 다다르면 목줄을 바닥에 고정시켜 풀을 뜯게 두고 할아버지는 쉬엄쉬엄 마른 땔거리를 모은다.

염소들이 정신없이 풀을 뜯는 모양을 보고 있으면 저 염소들은 지금 무슨 생각을 하고 있을까, 염소들도 장래희망이 있을까 그런 엉뚱한 생각이 들곤 했다. 저 귀여운 아기 염소의 꿈은 무엇일까. 그늘에 벌러덩 드러누워 나뭇가지 사이로 하늘을 올려다본다. 내 꿈은 시인이 되는 것이었다. 일기 쓰기는 귀찮은데 매일 학교에서 검사를 맡아야만 했고 촘촘한 줄을 다 채우는 건 매우 많은 시간과 노력이 드는 일이었다. 하지만 산문의 일기 쓰기 대신 시를 쓰면 일기장의 그 넓은 여백이 용서가 되었다. 그렇게 시를 쓰게 된 것을 선생님과 엄마는 아는지 모르는지 어디서 베껴 쓴 시만 아니면 뭐라고 하시지 않았고 가끔 칭찬도 받을 수 있었다. 말과 글을 아껴 머리와 마음속에 있는 것을 짧은 숨으로 뱉어내는 것, 그것이 좋았다. 그러다 보니 왠지 내가 멋있게 느껴졌다.

또 하나의 꿈은 수녀님이 되는 것이었다. 성당에서 만나는 수녀님은 항상 예쁘게 웃고 계셨다. 어른들에게는 잘 열어주지 않는 비밀스러운 수녀님 집이 항상 나에게는 따뜻하게 열려 있었다. 집에 놀러 가면 항상 찬장에 숨겨놓은 맛있는 쿠키도 꺼내주시고 사람들이 아무도 없을 때는 숨겨놓은 날개로 날아다니신다는 비밀도 말해주셨다. 수녀님은 어른이지만 내가 말하는 것을 어른이 아니라 같은 사람으로 이해해주는 것 같았다. 나도 그런 어른이 되고 싶었다. 맑고 투명해 보이는 웃음을 가진 수녀님이 되고 싶었다. 어른들은 내가 이야기하면 어른이기 때문에 같이 소리 내어 웃지 않았고 또 같이 울고 싶어도 울지 못하는 것 같았다. 나랑 같이 웃으면 아이같이 우스워질 것이라고 생각하는 모양이었다. 그래서 자꾸 마음속에 있는 진짜 이야기를 마음 놓고 할 수 있었다.

나는 커서 맑게 웃는 수녀님이 될까, 멋진 시를 쓰는 시인이 될까.

하늘을 올려다보며 어느 것이 더 재미있을지 한참 심각하게 고민한다. 수녀님이 되면 한 가지 색깔 옷밖에 못 입는 것이 마음에 걸렸다. 하지만 시인이 되면 날아다닐 수 없을지도 모르니까 그것이 아쉬웠다. 둘 다 가질 수는 없을까? 어느 것도 놓을 수 없을 것 같았다. 오물오물 바삐 입을 움직이며 풀을 뜯는 아기 염소를 멍하니 바라본다. 저 염소는 세상에서 가장 힘이 센 염소가 되는 것이 꿈일 수도 있고, 또 '메에~ 메에~' 하는 소리가 아름다운 염소가 꿈일 수도 있겠다. 아니, 아니지. 어쩌면 목소리가 엄청 아름다우면서 힘도 센 염소가 될 수도 있겠다. 아직 새끼니까 열심히 노력하면 무엇이든 되고 싶은 것이 될 수 있지 않을까. 그래, 나는 시 쓰는 수녀님이 되어야겠다. 세상에서 제일 예쁘게 웃으며 멋진 시를 쓰는 수녀님이 되어야겠다. 집에 가서 당장 엄마한테 말하고 싶어졌다.

갑자기 벌떡 일어나 할아버지에게 집에 가자고 조른다. 양손에 가득 꺾은 꽃이 시들어 버리기 전에, 그리고 내가 생각해낸 꿈이 잊히기 전에 빨리 엄마에게 말해야 하니까. 왠지 저 아기 염소가 나를 쳐다보고 씩 웃는 것만 같았다.

뒷집 치봉이

할머니네 뒷집에는 또래의 남자아이가 살았다. 무슨 이유인지 몰라도 그 집엔 아저씨만 있고 아줌마는 없었다. 아줌마는 알코올 중독이었다고 하기도, 원래 정신이 좀 이상했다고 하기도, 또 어떤 사람은 아저씨한테 맞아서 집을 나갔다고도 했다. 그저 입소문으로 전해 들었을 뿐이다. 좌우지간 치봉이는 아빠는 있었지만 엄마는 없었다. 그러나 아저씨를 봐서는 소문과 전혀 일치하지 않았다. 항상 허허 웃는 사람 좋아 보이는 너털웃음에 수더분한 차림이었다. 다만 햇볕에 많이 노출되어서인지 구릿빛 피부에 주름이 많았다. 또 웃으면 썩어서 때운 앞니가 활짝 드러나 아빠와 비슷한 나이라 들었던 것 같은데 훨씬 더 나이가 들어 보일 뿐이었다.

방학이기 때문에 숙명적으로 끝내야만 하는 것이 있었으니, 바로 매일의 일기와 탐구생활이었다. 굳이 그걸 다 싸 짊어지고 할머니 댁에 와서 또 이 방, 저 방 끌고 다니며 책 모서리를 너덜하게 만들고 있었지만 정작 진도는 하나도 안 나갔다. 치봉이가 그걸 보더니 자기도 똑같은 탐구생활 책을 가지고 있다고 했다. 반가웠고 기분이 묘했다. 동갑이었구나. 하지만 그 친구는 또래라고 하기엔 어딘가 부족한 부분이 있었다. 말을 하는 것이 어딘지 모르게 어눌했고 질문에 대답도 명확하지 않았다. 자기가 하고 싶은 말을 그저 혼자 중얼중얼 자꾸 되뇌는 것 같았다. 평소에 귀 기울여 들어주는 사람이 없어서 혼잣말을 하는 것이 습관이 된 것 같아 보였다. 방학이면 할머니 댁에 내려와 며칠씩 지내고 가는 나와 동생이 치봉이에게도 근처에서 보기 드문 또래인 듯했다. 듣기론 마을에 하나 있는 작은 국민학교에는 전교생이 다 합쳐 50명이 채 안 되는 모양이었다. 그래서인지 치봉이는 우리가 온 것을 알면 부르지도 않았는데 자꾸 할머니 집 앞 대문 멀찍이에서 서성거리곤 했다.

할머니는 우리가 치봉이와 같이 놀기를 바라셨다. 괜히 뒷집에서 내려와 담장 밖을 왔다 갔다 하는 치봉이를 불러다 과일도 같이 먹으라고 내어주고 같이 냇 가까지 놀러 갔다 오라고도 하셨다. 말도 어눌하고 키도 조그마한데 머리칼은 뻗치고 눌려 늘 지저분해 보이는 그 친구가 썩 마음에 들지는 않았다. 그러나 신기하게도 그 친구는 우리가 못 하는 것을 할 줄 알았다. 염소가 어떤 풀을 좋아하는지 귀신같이 잘 알고 있어, 우리가 주는 풀은 거들떠보지도 않고 치봉이가 주는 풀만 맛있게 먹어 치웠다. 희한했다. 그래서 가만 보고 있다가 따라했다. 치봉이가 염소에게 주는 아카시아 나무껍질을 따라서 뜯어주고 싶었지만, 군데군데 가시가 위협적이었고 손이 아파서 벗기기 제법 어려웠다. 치봉이는 아카시아 나무껍질을 금세 죽죽 벗겨 내어 우리에게 슬그머니 건네주었다. 못 이기는 척 받아들고 염소에게 내밀었다. '와그작와그작' 껍질을 씹어 넘기느라 염소의 턱 관절이 날래게 움직였다. 턱 아래로 얌생이 같이 뻗은 수염도 턱을 따라 바삐 움직였다. 얼마나 야무지게 받아먹는지. 우습지만 그 모양을 보고 있으면 왠지 나도 모르게 입이 침이 고였다.

그러나 무엇보다도 우리를 놀라게 했던 것은 바로 염소를 만질 때였다. 까만 눈동자를 반짝이며 어미 염소를 졸졸 따르는 새끼 염소가 얼마나 작고 귀여운지 꼭 한번 만져보고 싶었다. 그러나 그것은 할아버지만 할 줄 아는 것이었다. 겁이 많은 새끼 염소는 우리를 보기만 하면 잽싸게 도망쳐 달아났다. 만져보고 싶어도 내쫓을 줄만 알았지 감히 잡아 볼 엄두가 나지 않았다. 하지만 치봉이는 달랐다. 새끼 염소를 안심시키는 법을 알고 있는 듯했다. 서서히 놀라지 않게 다가갈 줄도 알았고 순식간에 자기 몸뚱이만한 새끼 염소를 번쩍 들어 올려 품에 안을 줄 알았다. 심지어 새끼 염소는 그의 품에서 편안해 보여 놀라웠다. 치봉이가 특별해 보였다. 정말 우리와의 의사소통보다 염소나 닭, 그리고 외양간의 소들과 더 의사소통이 잘 되는 것처럼 보일 지경이었다.

할머니의 바람과 달리 우리는 치봉이와 친해지고 싶지 않았다. 왠지 도시에서 왔다는 이유만으로 치봉이 앞에선 도도하게 굴고 싶었다. 그런 나를 엄마는 틈만 나면 놀렸다. 별것 아닌 일로 토라져 울면, "너 자꾸 그렇게 울면 치봉이한테 시집보낸다." 하는 식이었다. 맙소사. 그 말은 너무 듣기 싫었다. 책에서 읽었던 바보 온달과 평강 공주 이야기가 떠올랐다. 자꾸 그런 말을 하면 어느 순간 현실이 되어 버릴 것만 같아 두려웠다. 치봉이는 그런 맘을 아는지 모르는지 여전히 말 없이 해맑게 웃으며 우리가 대문 밖으로 놀러 나오기만을 기다리고 있었다.

우리가 다시 도시로 돌아갈 날이 되면 치봉이는 다가와 인사를 건네지도 못했다. 늘 그랬듯이 그저 할머니 집 주변을 빙빙 돌다 어른들이 부르면 멀리 도망칠 뿐이었다. 며칠을 같이 염소 새끼들처럼 들판을 뛰놀고 했지만 서로 대화는 거의 없었다. 그래서 서로에 대해 아는 것도 없었다. 다만 치봉이는 여전히 그의 아버지를 닮아 티 없이 선한 웃음을 갖고 있을 뿐이었다. 아빠 차를 타고 언덕을 넘어갈 즈음 멀리서 조그맣게 치봉이가 차를 향해 온 힘을 다해 달려오는 것 같아 보였다. 비포장도로의 흙먼지가 뿌옇게 일어 자세히 보이진 않았지만, 며칠 갈아입지도 않은 목 늘어난 겨자색 낡은 셔츠가 너풀거리며 어렴풋이 먼지 속에 보이는 듯했다.

안녕, 치봉아,
우리 염소 잘 부탁해.
그리고 우리 할머니도 잘 부탁해.

"햇님과 바람이 친구였다면
나그네는 더 행복했을 거야."

저녁 평상의 쑥 향기

아까 치봉이네 집에서 수박을 너무 많이 얻어먹은 탓인지 아니면 더위를 식히느라 물을 너무 많이 마신 탓인지 이제 와 소변이 급하게 마렵다. 마을 장에서 양손 가득 찬거리를 사고 할머니를 따라 집으로 들어가는 버스 안인데 비포장 도로를 달리는 버스는 오늘따라 유독 심하게 덜컹거리는 듯하다. 한번 덜컥일 때마다 오줌이 찔끔 새어나오는 것만 같아서 다리를 덜덜 떨며 어서 동구 밖 언덕 넘어 우리 집이 보이기만을 조마조마하게 기다린다. 방광이 찰 대로 찬 것 같다. 왜 버스는 계속 달리는데 우리 집은 보이지 않는 걸까. 버스 소리마저 덜덜덜 오늘따라 유난스레 시끄럽다. 분명 자주 다녔던 길인데 창밖으로 보이는 풍경이 낯설다. 이거 정말 이상하다. 당장 화장실을 가야겠는데, 익숙한 풍경이 보이질 않는 걸 보니 분명 이 버스는 지금 우리 집에서 점점 멀어지고 있는 것 같다. 규칙적인 버스 엔진 소리가 덜덜덜 들리다가 멈췄다가 또 다시 크게 들린다. 이러다 정말 실수를 할 것만 같다. 할머니는 어디로 가셨지? 언제 내리는지 여쭤 보고 싶은데 같이 탔던 우리 할머니가 보이지 않는다. 이 버스는 어디로 가는 거지. 덜덜덜. 버스 소리가 멈추더니 별안간 안내 방송이 흘러나온다.

"이제 일어나. 저녁 먹기 전에 좀 움직여야 밥을 맛있게 먹지. 응? 민재는 벌써 아빠 따라 들에 나가서 쑥을 이만큼 잘라왔는데…. 나가서 좀 보고 오렴."

엄마가 미싱을 멈추고 나를 깨운다. 다시 이어서 들리는 덜덜덜 미싱 소리. 나는 벌떡 일어나서 화장실로 달려간다. 휴. 살았다.

밖에서 반쯤 들여다보이는 각목과 비닐 비료 포대로 엮어 만들어진 화장실 문을 삐걱 밀며 들어가면 반짝이는 무지개 엉덩이를 가진 똥파리들이 일제히 일어나 웅 소리를 내며 새로운 손님을 반긴다. 코를 찌르는 암모니아 냄새와 섞여 경쟁하듯 코를 자극하는 나프탈렌 냄새. 얼기설기 엮어진 나무판자 위를 조심스레 딛고 올라간다. 소변이 엄청 급했는데도 이 순간만큼은 신중을 기하게 된다. 어느 부분을 잘못 밟아 헛디디면 당장이라도 균형을 잃고 몸이 쑥 빠져 끝도 없이 깊어 보이는 어둠의 똥통 속으로 빠져들고 말겠지. 아빠 어릴 적엔 저 똥통에 발을 헛디뎌 빠졌다가 똥독이 올라 죽은 애가 있었다는 이야기가 화장실에 올 때마다 고약하게 자꾸 머릿속에서 떠올랐다. 그 아이는 떨어졌을 때 얼마나 무섭고 끔찍했을까 상상하니 저절로 몸이 부르르 떨리고 밑이 서늘해진다. 볼일을 서둘러 마무리하고 쫓기듯 화장실 밖으로 빠져나온다.

한낮의 뜨거운 기운이 채 가시지 않은 느지막한 오후, 언덕 넘어 아스라이 노을이 지고 있다. 저녁 짓는 연기가 여기저기 피어오르기 시작하면 저 멀리서 한 광주리 가득 쑥을 베어 들고 강아지풀을 입에 물고 집으로 돌아오는 아빠와 동생이 보인다. 봄에 난 보드라운 어린 쑥이 아니라 여름 장마와 햇살에 키가 실로 어린 나무처럼 쑥 커 버린 질기고 큰 쑥이다. 그 큰 쑥을 잠깐 말려 놨다가 불을 피우고 그 위에 쑥을 올리면 연기가 짙게 피어오른다. 온 마당에 은은한 쑥 향기가 퍼져 나간다. 쌓아 놓은 쑥더미 위로 연기를 뚫고 묘기를 하듯 동생과 깔깔대며 왔다 갔다 넘어 다니면 혹여 불 위로 엎어질까 불안해하며 엄마가 장난을 멈추라 하시겠지. 오늘 저녁도 평상에 둘러 앉아 저녁을 먹고 해가 완전히 넘어가 어둠이 내려앉으면 평상 위의 전구 불빛을 보고 달려드는 모기들이 쑥 연기를 피해 도망갈 것이다. 그럼 그저께 어디선가 나타났던 아빠 손바닥보다 큰 돌 색깔의 두꺼비는 오늘 먹을거리가 없어서 우리 집에 오지 않으려나.

돌아오는 아빠 손을 잡고 나는 못 가봤으니까 다시 쑥을 더 베러 가자고 졸라댄다. 엄마가 거들며 "들어올 때 과수원가서 '할아버지 진지 잡수세요.' 하고 모셔 와." 하신다. 이미 쑥은 몇 시간을 피워도 다 못 피워낼만큼 마당에 한 광주리 쌓여 있지만 아빠는 못 이기는 척 한 번 더 마을 어귀로 걸음을 옮겨준다. 날이 더워도 꼭 잡은 아빠의 손은 항상 따뜻하게 느껴졌다.

사과가 영글어 갈 때

이른 아침 동이 채 트기도 전부터 목이 찢어져라 울어
대는 닭소리에 눈이 번쩍 떠졌다. 닭 울음소리는 고장
난 알람 시계처럼 그칠 줄 모르고 반복해서 들렸다. 옆
을 더듬어 보니 엄마는 이미 아침 준비를 하러 나가셨
는지 옆자리가 휑하니 비어 있다. 어둠 속에서 한참 하
릴없이 눈을 깜빡이고 있으니 시야에 하나둘 사물이
들어온다. 정신은 이미 또랑또랑 맑아졌는데 뜨끈한
아랫목에서 묵직한 무게감이 느껴지는 솜이불까지 덮
고 있으니 몸을 일으켜 서늘한 공기 밖으로 몸을 꺼내
는 것이 쉬이 내키질 않는다. 풀을 먹여 빳빳한 이불
홑청 자락 끝에 시린 코를 비빈다. 오래된 할아버지네
장롱 냄새가 스멀스멀 배어난다. 몇 시쯤 되었을까. 밖
으로 나가 볼까 아니면 다시 잠을 청해 볼까 몸을 뒤척
이는데 문 밖에서 괘종시계가 뎅뎅뎅 뎅뎅뎅 여섯 번
울린다.

조용히 몸을 일으켜 잠옷 위에 잠바를 주섬주섬 걸쳐 입고 마루로 나간다. 밖으로 나가니 어슴푸레 날이 밝아 오고 있다. 소변이 마렵지만 방 안의 요강을 쓰자니 왠지 자존심이 상하고 어둠이 채 가시기도 전에 재래식 화장실에 혼자 가는 것은 더 내키질 않는다. 흙이 묻은 아빠의 낡은 운동화를 뒤축이 꺾인 채로 질질 끌고 과수원으로 향한다. 닭은 아침이라고 울어대지만 아직 쨍하고 밝은 아침이 아니니 조용히 과수원 뒤쪽에서 아무도 모르게 소변을 해결하고 올 작정이다. 발 아래 차이는 풀들이 머금은 밤이슬에 발목이 적셔진다. 아직 입에서 뿌얀 김이 나올 날씨는 아니라서 동 트기 전의 아침 공기가 제법 상쾌하게 느껴진다. 희뿌옇게 밝아 오는 하늘을 바라보며 숨을 깊게 들이마시니 아침 공기에 풋풋한 사과 내음이 옅게 섞여 전해지는 것 같다. 몸을 쭉 펴서 크게 기지개를 편다. 모든 만물이 깨어나기 전에 ─ 물론 닭과 엄마한테는 졌지만 ─ 먼저 일어났다는 사실이 괜스레 뿌듯하다.

과수원을 가득 채운 사과나무를 이리저리 둘러본다. 신문지와 사과 포장재로 한 알, 한 알 정성스럽게 싸여진 사과 알맹이들을 바라보다가 그 중 만만해 보이는 높이에 달린 신문지 포장을 손가락으로 헤집어 몰래 사과를 들여다본다. 아직 푸르스름하게 덜 여문 사과 알맹이가 갑작스런 세상 빛과의 조우에 수줍게 날 쳐다보는 것만 같다. 알알이 빨갛게 영근 사과를 수확할 때면 추석이 성큼 다가와 있겠지. 그것들을 가만히 보기만 해도 마음이 부르겠지만 그냥 두어 저절로 결실을 내는 것이 아니라는 것을 알고 있다. 이른 봄부터 부지런히 실한 열매를 맺을 수 있도록 전지 작업을 해주고, 비료도 뿌려주고, 벌레 먹지 않도록 포장재로 사과를 한 알, 한 알 감싸주고, 때 맞춰 약을 쳐주고. 계절 내내 부지런히 곁을 지켜주어야 선선한 가을바람이 얼굴을 스칠 때 실하고 고운 열매를 선물로 내어 준다. 마음 조급하게 비료를 많이 준다고 열매가 커지는 것도, 물을 많이 퍼준다고 열매가 많이 열리는 것도 아니었다. 내 몫을 다 하고 제 몫의 시간이 여물어 가기를 기다려야만 했다.

그렇게 사과가 여물길 기다리며 수십 년간 다져진 할아버지 전지 기술은 이미 동네에서 유명했다. 전지가위를 쉼 없이 놀린 할아버지 손엔 잔근육이 여물고, 상처가 났다가 아물었다가, 손이 찢어졌다가 붙었다가 하며 그 자리에 굳은살이 딱딱하게 박혀 있었다. 건조하고 거칠게 갈라진 할아버지 손을 잡으면 마치 오래된 고목을 쓰다듬는 것 같았다. 내가 쓰는 향 좋은 얄팍한 핸드크림 따위로 쉽게 사라질 그런 건조함이 아니었다. 저녁이면 할아버지는 손이 갈라져 피가 나지 않도록 글리세린을 꺼내어 발랐다. 그렇게 할아버지는 전지가위를 들고 큰아버지를 서울로 유학 보냈고 고모를 시집보냈고 아빠를 독립 시켰다. 그 옆에서 할머니는 늘 못생긴 사과를 깎고 남은 사과 껍질로 손을 문지르셨는데, 그렇게 하면 손이 희고 부드러워진다고 하셨다. 함께 지나온 시간은 할머니 손에도 켜켜이 내려앉아 있었다. 그 세월을 위로하듯 할머니는 사과 껍질로 손을 조용히 문지르고 또 문질렀다.

　나도 고운 손이 되고 싶어 할머니를 따라 사과 껍질 안쪽으로 내 손을 문질렀다. 달큼한 사과향과 끈적임이 손에 오래도록 남았다.

한여름 마녀 솥의 도구 밥

한낮의 태양이 쨍하게 내리쬐는 오전 11시, 아직 정오
도 되지 않았건만 지글지글 땅이 끓어오르는 것만 같
다. 눈에 보이는 화염은 없으나 지면에서 뭔가 끓어오
르는 듯 어른어른 뻗쳐오르는 아지랑이가 시야를 흐
릿하게 어지럽힌다. 그늘 아래에 있어도 습기를 잔뜩
머금은 끈적한 공기 탓에 숨이 턱턱 막혀 왔고 맥없는
손부채질에 후더운 열기는 쉬이 가실 줄을 몰랐다. 과
수원 일을 하느라 바쁘게 손을 놀리던 할아버지와 아
빠의 셔츠는 땀에 흠뻑 젖어있었다.

　정오가 지나 점심시간이 되자 할아버지와 아빠가
하던 일을 갈무리하고 집으로 돌아온다. 땀에 절은 셔
츠를 훌렁훌렁 벗고 바로 수돗가로 간다. 받아 놨던 물
을 한 바가지 떠서 펌프에 마중물을 붓고 끼익끼익 소
리 내는 펌프질을 힘차게 하면 서늘한 지하수가 왈칵
쏟아져 올라온다. 퍼 올린 물이 빨간 고무 대야에 모이

면 아빠와 할아버지는 서로 번갈아 엉덩이를 들어 올리고 팔을 쭉 펴서 땅을 짚고 물을 한 바가지 퍼서 엎드린 등으로 쏟아 붓는다. 등줄기를 따라 쏟아져 내리는 지하수에 아빠도 할아버지도 "으어! 허!" 소리가 절로 나오고 옆에서 보고만 있어도 콧잔등이 시원해졌다. 따라 등목을 할 만큼의 용기는 없으나 신이 나서 그 옆에 쪼그리고 앉아 바가지에 물을 떠 손을 담근다. 분명 땀이 줄줄 흘러내려도 식혀지지 않는 열기를 몸에 품고 있었는데 길어낸 지하수가 얼굴에 닿자마자 온몸에 소름이 쫙 끼친다. 지하수는 서늘하다 못해 뼛속까지 한기가 들만큼 차가웠다.

반들거리는 옻칠이 군데군데 벗겨져 세월의 흐름을 보여주는 둥근 교자상 위로 한 끼 식사가 준비되면 얼른 다가가 한 자리를 차지하고 앉는다. 이상하지만 이 더운 여름날에도 밥은 찬밥보다 더운밥이 맛있었다. 갓 지어낸 밥이 고슬고슬 윤을 내며 놋그릇에 한 고봉씩 담겨 나왔다. 할머니 집 반찬은 화려하진 않았지만 소담스럽고 정겨웠다. 마치 우리가 도시에서 차려 먹거나 사먹는 밥이 화려한 배경 음악 위로 세련되게 녹음된 유명한 가수의 음반을 듣는 것 같다면 시골 할머니 밥상은 마치 좀 낡고 오래된 소극장에서 어느 가수의 노래를 라이브로 듣는 것 같았다. 이름 없이 자리를 지키고 앉아 누가 알아주지 않아도 자기만의 노래를 엮어내는, 촌스럽지만 그것대로 편안하고 정겨운 음률이었다. 평소에 즐겨 찾는 햄이나 소시지 따위의 입맛에 맞는 가공된 반찬은 없었다. 이미 우리 혀를 잘 길들여 놓은 자극적인 조미료 맛도 없었다. 대신 밭에서 갓 뜯어낸 배춧잎과 상추, 고추가 보기만 해도 배부르게 상 위에 올라가 있었다.

가끔 배춧잎 뒤편에서 오동통하게 배부른 배추벌레를 마주하면 고래고래 소리를 질러댔다. 그런 나를 보며 무심하게 벌레를 손으로 잡아 대청마루 밖으로 던져 버리며, "네가 그렇게 소리를 지르면 얘는 네가 얼마나 무섭겠니?" 하는 것은 아빠 몫이었다. 만약에 저걸 내가 못 보고 그냥 같이 먹었다면 당장 배가 아파 병원에 가야 했을 거라고 난리를 치면, "다 단백질이야. 또 발견하면 같이 꼭꼭 씹어 먹어." 하며 너스레를 떠는 것은 엄마였다. 놀란 가슴을 쓸어내린 후론 배추를 쌈장에 찍어 먹을 때마다 신중하게 살피며 이파리를 들어 올릴 수밖에 없었다. 거기에 찌개와 국의 중간쯤 되는 묽은 된장찌개, 듬성듬성 벌레 먹은 푸성귀 무침, 그리고 우리 남매가 유독 좋아하는 고들고들한 식감의 할머니 무말랭이까지. 이에 더해 할머니가 장에서 사온 생선까지 노릇노릇 잘 구워져 상 위로 올라오는 날이면 정신없이 한 끼 고봉밥을 비워냈다.

한낮의 뜨거운 태양이 작열하는 열기를 뿜어내어 대지를 덥히는 시간엔 더위를 피해 창호지 바른 방문을 활짝 열어 두고 모기장만 쳐 놓은 채 가족들의 달콤한 오수가 이어졌다. 가분수처럼 대가리가 유독 커 제 날개를 덜덜대며 돌리다 꼭 넘어질 것만 같아도 넘어지지 않는, 나보다 나이가 많다는 선풍기 한 대는 아빠 차지였다. 그 옆에 아빠를 따라 누워 이불도 없이 딱딱한 목침을 베었다. 침대가 익숙했던 탓에 바닥에서 자고 일어나면 몸 군데군데가 뻐근한 듯했지만 평소엔 잘 자지도 않는 낮잠이 왜 할머니 집에선 더 잘 오는지 알다가도 모르겠다.

한숨 자고 일어나면 할아버지가 마당에서 도꾸(시골에서 키우는 개를 지칭하는 방언) 밥 끓이는 것을 볼 참이다. 우리가 먹다 남긴 잔반을 한데 모아 상하지 않게 아궁이에 불을 지피고 찌그러진 솥에 휘휘 저어 끓이는 것이 재미있었다. 그건 언젠가 이야기책에서 읽었던 커다란 마녀의 솥 같았다. 아무것이나 막 섞인 것 같지만 희한하게 새로운 요리가 탄생하듯 맛있는 냄새가 피어올랐다. 그쯤 되면 도꾸도 그것이 제 밥이라는 걸 알고 끼잉끼잉 소리를 내며 꼬리를 흔들고 반가워했다. 그걸 식혀 사료와 섞어 마당의 도꾸에게 다가갈 때면 빙글빙글 제자리를 돌고 또 돌며 하늘에 닿을 듯 펄쩍펄쩍 뛰어올랐다.

이번엔 할아버지 대신 내가 도꾸 밥을 갖다 주게 해 달라고 해 볼 테다. 그럼 도꾸가 할아버지보다 나를 더 좋아해줄 것만 같았다. 얼른 자고 일어나야지. 도꾸 밥을 생각하다 보니 나도 모르게 스르륵 눈이 감겼다.

"헨젤과 그레텔의 과자집처럼
달콤한 꿈을 꾸었어."

하야니의 고스톱

롤러스케이트를 타고 온 동네를 쏘다니다가 땀범벅이 된 얼굴로 집에 들어서면 엄마가 미숫가루에 얼음을 둥둥 띄워 둥근 스테인리스 그릇에 담아주셨다. 날 반겨줘야 할 외할머니가 보이질 않는다. "하야니는?" 하고 물으니 엄마가 "노인정 가셨어." 한다.

우리에겐 할머니가 두 명 있어서 늘 호칭이 헷갈렸는데, 외할머니는 머리가 하얘서 '하야니', 친할머니는 머리가 덜 하얘서 '까마니'라고 불렀다.

단숨에 미숫가루를 벌컥벌컥 들이키고는 다시 롤러스케이트를 끌고 아파트 노인정으로 향한다. 할머니들이 삼삼오오 동그랗게 모여 화투를 치고 계셨다. 롤러스케이트를 되는대로 벗어놓고 안으로 조용히 들어간다. 그 안에서 두리번두리번 머리가 하얗고 풍채가 좋으신 우리 외할머니를 찾는다.

외할머니를 발견하면 살금살금 다가가 뒤에서 "워!"

하고 소리를 질렀다. 그럼 "아이구 깜짝이야!" 하며 놀
라시는 것이 너무 재미있었다. 어떤 날엔 노인정 입구
가 외할머니 시선이 닿는 방향이라 내가 살금살금 들
어오는 것을 보셨을 것도 같은데 매번 뒤에서 나타나
소리를 지르면 외할머니는 깜짝 놀라곤 하셨다. 그리
고는 "우리 강아지 왔니." 하시며 무릎에 나를 앉히셨
다. 무릎에 앉아 화투장의 그림을 세세히 바라본다.
"하아니, 이건 뭐야? 새는 좋은 거야? 이 꽃은 저 꽃이
랑 같은 모양이야? 왜 안 맞춰?" 하고 재잘재잘 외할
머니의 고스톱에 딴지를 걸어 본다.

　　고스톱의 그림은 외할머니에게 배웠다. 외할머니
집에서 심심하다 조르면 서랍에서 화투를 꺼내주시곤
했다. 두툼한 국방색 모포 위로 화려한 붉은 빛의 화투
장을 꺼내 쫙 펼쳐 놓고 같이 그림 맞추기 놀이를 했
다. 외할머니가 설명해준 대로 난초, 벚꽃, 매화, 국화,
단풍, 오동, 큰 이파리, 작은 이파리, 그리고 장미 같이
생긴 모란과 둥그런 동산, 마지막으로 오묘하게 생긴
비까지 죽 늘어놓았다. 흑싸리와 홍싸리로 불리는 작
은 이파리들이 구분하기 조금 어려웠지만 그도 머잖
아 눈에 익었다. 곧잘 배워 화투의 그림을 재바르게 구

분해내는 나를 두고 외할머니는 엄마에게 "야가 영특하다. 한번 가르쳐주니 고걸 금세 구분을 하누나." 하며 좋아하셨다. 이리저리 꽃과 새, 그리고 사슴 같은 것들을 들여다보고 있으면 그림책만큼이나 재미있는 이야기가 머릿속에 자유분방하게 펼쳐지는 듯했다.

고스톱을 바라보다가 벌떡 일어나서 신발장으로 간다. 칭찬을 받고 싶어 쪼그리고 앉아 노인정 신발장에 있는 할머니들 신발을 가지런히 정리한다. 그리고 우리 외할머니 신발은 제일 가운데 잘 보이게 둔다. 할머니들의 신발을 나란히 정리해놓고 뿌듯해하며 다시 다가가면 외할머니가 다른 할머니들이 다 듣도록 "아이고 세상에, 우리 손녀가 이렇게 신발 정리를 잘했네!" 하며 칭찬을 해주셨다. 그리고는 가서 맛있는 거 사먹으라고 천 원짜리 한 장을 손에 쥐여주셨다. 천 원이면 내가 좋아하는 짝꿍과 새콤달콤을 다섯 개도 더 살 수 있는 큰 돈이었다. 그 길로 슈퍼로 달려가 딸기맛과 포도맛 짝꿍을 집어 들고 다시 신나게 외할머니 곁으로 돌아왔다.

동생과 내가 말을 안 들어서 엄마가 큰 소리로 야단을 치고 매를 들고 쫓아와도 언제나 외할머니 품에 달려가 안기면 모든 것이 용서되었다. 외할머니는 엄마의 엄마이고, 유일하게 엄마를 이길 수 있는 존재였기 때문이다. 매를 피해 품에 안기면 "때리지 말라우. 와 아를 혼내니." 하며 꼭 안아주셨다. 그럼 모든 상황이 종료되었고 우리는 안도의 한숨을 내쉬었다.

　　살집이 좋은 외할머니 품은 항상 푸근했고 따뜻했다. 또 넘어져 다치는 순간엔 언제나 외할머니가 생각났다. 롤러스케이트를 타고 온 동네를 쏘다니다 욕심을 제어하지 못해 넘어지는 날에는 사정없이 팔꿈치며 무릎에 상처를 만들곤 했다. 다친 곳을 보듬어줄 외할머니가 있으면 한바탕 울고 다시 일어날 수 있었다. 외할머니가 없어 혼자 꾸역꾸역 털고 일어나야 할 때는 마음 한 편이 저릿하게 아려왔다. 달려가 안기면 세상의 어떤 모진 매도 다 막아 줄 푸근한 외할머니의 품도 그 따뜻한 손길도 영원히 곁에 있었으면 좋겠다.

첫사랑이 이루어지길

매미가 귀 따갑게 울어대는 여름이 되면 할머니 집 마당 뒤편에는 온갖 잡풀이 흐드러지게 피어올랐다. 매일 뽑아 내고 손질하는 마당은 깔끔했지만, 손길이 닿지 않는 마당 뒤편은 이름 모를 잡풀들이 순식간에 우거져 금방 키를 훌쩍 넘었다. 그 옆에는 봉선화가 되는 대로 군락을 지어 피어났다. 언제 씨가 번졌는지 심지 않고 애써 키우지 않아도 꾸역꾸역 잘 퍼져나갔다. 잘 익은 씨앗 주머니는 정말 어느 트로트 가사처럼 손대면 톡하고 터질 것 같이 잘 익어 있었다. 오동통한 씨앗 주머니는 살짝만 건드려도 기다렸다는 듯 까맣게 잘 익은 씨앗을 사방으로 흩뿌렸다. 동시에 털이 보송보송한 씨 주머니 껍질은 돌돌 말려 올라붙었다. 그것이 재밌어 온 사방에 있는 봉선화 앞에 쪼그리고 앉아 한참 씨앗 뿌리기에 열중하곤 했다.

그리고 색이 고운 봉선화 꽃잎과 이파리를 손으로

따다 모았다. 지난겨울까지 아끼고 아껴 깎아도 끝내
는 다 없어져 버린 봉선화 물들인 손톱을 다시 갖기 위
해 이 여름을 얼마나 기다렸는지 모른다. 내 눈에 예뻐
보이는 꽃잎만 색깔별로 잔뜩 뜯어 엄마에게 갔다. 그
럼 다시 가서 꽃 말고 이파리를 뜯어오라며 퇴짜를 맡
기 일쑤였다. 꽃잎보다 이파리가 많이 섞여야 색이 진
하고 곱게 잘 나온다는 게 이상했다. 이파리는 초록빛
인데 어찌 주홍빛 물이 손톱에 들 수 있는지 잘 이해가
되지 않았다.

정성스레 뜯어 모은 봉선화 꽃잎과 이파리를 절구
에 넣고 꾹꾹 눌러 찧었다. 꽃물이 검붉게 번져들었다.
거기에 마법의 가루 같은 하얀 백반가루와 소금을 조
금 넣고 골고루 섞었다. 물을 잘 들게 하려고 넣는 것
이라 했다. 형태 없이 짓이겨진 봉선화 무더기에서 비
릿한 풀 냄새가 번져 왔다. 깨끗이 씻은 손을 내밀면
엄마는 꽃 무더기를 손톱에 조그맣게 하나씩 올려주
었다. 그리고 조심스럽게 랩으로 감싸 실로 묶었다. 너
무 세게 묶으면 피가 안 통하고 너무 살살 묶으면 홀랑
벗겨져 버린다.

세지도 약하지도 않게 아주 적당히 실을 돌려 묶어야만 했다. 그렇게 열 손가락에 하나하나 더디고 수고스럽게 꽃 무더기를 올리고 감싸 그 위에 다시 면장갑을 끼었다. 안 그래도 더워 죽겠는데 비닐로 손을 싸매고 그 위에 장갑을 끼고 자려니 좀이 쑤셨다. 하지만 엄마는 예뻐지는 것은 쉬운 일이 아니라 했다. 마당에 흐드러지게 날리는 그 고운 꽃빛을 내 것으로 만드는 것이 거저 되는 일은 아니었다. 내일이면 손끝에 스며들 싱그러운 꽃물을 기대하며 참아 본다.

다음 날 아침 눈을 뜨자마자 열 손가락이 모두 잘 붙어 있는지 꼬물꼬물 확인해 본다. 다행히 떨어진 것 없이 잘 붙어 있다. 하나라도 떨어지면 그 손가락만 물들지 않고 하얗게 남아 있었다. 게다가 이불 어느 한쪽 귀퉁이가 손톱 대신 붉게 물들어 있는 참사가 일어나기도 했다. 엄마에게 달려가 손을 내민다. 답답한 면장갑을 벗어던지고 하나하나 랩을 풀어헤친다. 엄마가 보더니 "아이고 예쁘게 잘 들었네." 한다. 이건 뭐 손가락이 봉숭아물에 온통 절어 있다. 어디 몸에 좋다는 지독한 약탕에서 종일 찜질이라도 하고 나온 것처럼 손가락이 쪼글쪼글 퉁퉁 보기 싫게 불었다. 손톱보다 주변 살이 더 시꺼멓고 진하게 물들어 있어 아무리 봐도 예쁘다는 말이 나오질 않는다. 너무 오래 잤나? 이럴 줄 알았으면 더 일찍 일어나서 씻을걸. 불편하다면서 세상모르고 늦잠까지 자고 일어난 내가 원망스러웠다. 당장 수돗가로 달려가 깨끗이 뽀독뽀독 손을 씻어낸다. 주변 살에 든 물은 금방 빠진다는데 아무리 비누로 씻어내도 씻겨지지 않아 마음이 영 불편하다.

시간이 좀 지나 쭈글쭈글했던 주변 살이 원래대로 돌아오니 그나마 봐줄 만했다. 너무 진해 보였던 손톱의 색깔도 다시 보니 참 곱다. 이제야 배시시 웃음이 난다. 손톱 위에 엄마가 투명 매니큐어를 발라주셨다. 반짝반짝 더욱 마음에 든다. 첫눈이 올 때까지 봉숭아물이 손톱에 남아 있으면 첫사랑이 이루어진다고 어디서 주워들었던 것이 기억난다. 아직 첫사랑은 없지만, 사실 첫사랑이 뭔지도 잘 모르겠지만, 왠지 설레는 단어인 것 같다. 꼭 올해 첫눈 내리는 겨울까지 이 예쁜 손톱이 잘 남아 있었으면 좋겠다.

주홍빛이 물들어 갈 때
당신은 누구를 떠올렸나요 ?

닭똥집 꼬치

언제나 시끌벅적한 시장의 활기가 나는 좋았다. 엄마
가 장을 보러 나갈 때 따라나서는 것은 늘 기다려지는
일상의 즐거움 중 하나였다. 그래서 어렴풋이 기억나
는 아주 어렸을 때부터도 장에 가는 것을 기다리곤 했
는데, 이제 충분히 혼자 집을 지킬 수 있는 나이가 되
고 나서도 여전히 엄마가 장을 보러 간다고 하면 신나
게 따라 나섰다. 무엇보다도 계절이 바뀌면 시장에서
도 그 계절의 냄새가 전해져서 좋았다.

이번엔 어떤 냄새를 맡을 수 있을까?

시장 초입에는 나름의 규칙으로 구역이 정해져 있
는 난전에서 나물을 파는 할머니들이 줄지어 있다. 하
지만 엄마는 그 중에서도 만날 가는 할머니만 찾아갔
다. 할머니는 무심한 듯 툭툭 말을 내뱉었지만 엄마의

많이 넣어 달라는 청을 한 번도 무시한 적이 없으셨다. 검은 천을 씌워 햇빛이 들어가지 못하도록 가려 놓은 밑이 뚫린 고무 대야 안으로 손을 넣어 능숙하게 콩나물을 꺼내 비닐봉지가 미어지도록 담아주었다.

직접 캤거나 농사 지었다는 나물을 가져다 소쿠리에 올려 팔고 계신 난전의 할머니들을 보면 시골에 계신 우리 할머니 생각이 나곤 했다. 더우면 더운 대로 추우면 추운 대로 넓지도 않은 한 평 자리에 쪼그리고 앉아 종일 더덕 껍질을 까고 나물 다듬는 작업을 하고 계셨다. 어느 세월에 저 많은 나물을 다 다듬을까 싶지만 질리지도 않고 불평도 없이 잠시도 손을 쉬지 않고 놀리며 장바닥을 지키고 계신 할머니들을 보면 왠지 가슴 한 구석이 짠해졌다. 어느 날 내가 돈을 많이 벌면 저 난전에 있는 것을 한꺼번에 다 사드려야지. '할머니, 여기 있는 것 다 계산해주세요.' 그러면 할머니가 깜짝 놀라며 엄청 좋아하시겠지. 달래, 냉이, 두릅, 쑥, 씀바귀, 돌나물들이 어우러진 향기로운 봄의 향연을 가득 봉지에 담아 들고 다음 목적지로 발을 옮긴다.

채소 가게들을 지나면 과일 파는 총각이 있었다. 아저씨 같아 보임에도 동네 아줌마들이 왜 총각이라 부르는지 궁금했는데 그냥 결혼을 안 했기 때문에 총각이라 부르는 것이라고 했다. 그럼 성당의 신부님들과 절의 스님들은 여든 살이 되고 아흔 살이 되어도 계속 총각이라 불릴 수 있다는 말인가. 왜 결혼 여부에 따라 호칭이 달라지는 걸까. 이건 뭔가 이상하다 생각했지만 따져 묻지는 못했다.

머리 희끗한 과일 총각을 지나 좀 더 시장 안쪽으로 들어가면 정육점이 나왔다. 불그스름한 등이 켜져 있고 무서운 기계 소리가 들리는 곳이었다. 고기를 뼈째 슬근슬근 썰어내는 커다란 기계를 보면 그 주변에 일하는 아저씨가 늘 걱정되었다. 저렇게 고기를 위에서 힘주어 누르다 손이 기계에 들어가기라도 하면 어쩌나, 혹여 다치지는 않을까, 온갖 걱정이 다 되어 똑바로 보고 있기가 힘들었다. 정육점의 젊은 아줌마, 아저씨는 참 친절해서 늘 우리가 가면 얼굴을 기억하고 밥은 먹었는지, 학교는 재미있는지 안부를 물어주곤 하였다. 따뜻하게 우리를 반겨주는 아줌마와 아저씨가 그래서 더 걱정되었다. 기계를 볼 때마다 드는 끔찍한 생각을 감히 입 밖으로 낼 수도 없었지만 유독 일이 바빠 보이는 날은 특히나 더 마음이 조마조마하였다.

정육점을 지나면 닭 아줌마가 나왔다. 엄마가 "닭도리탕 할 거예요." 하면 뽀얀 속살을 드러내고 다리를 가지런히 모은 채 한 줄로 누워 있는 만질만질한 생닭을 냉장고에서 꺼내다가 커다란 나무 원통 도마에 냅다 던져 올렸다. 보기에도 무시무시해 보이는 큰 식칼을 들어 턱턱 닭을 끊어내었다. 내장과 기름이 제거되고 먹기 좋은 크기로 토막 난 닭은 옆에 있는 굵은 호스에서 흘러나오는 물로 한번 싹 씻겨 검은 비닐에 척척 담겼다. 닭이 손질되는 것은 정말 순식간이었는데 신기하고도 재미있어 하나하나 그 과정을 놓칠 새라 뚫어지게 보았다.

닭 아줌마를 지나면 상쾌하지 않은 바다 냄새가 훅 끼치는 생선 거리가 나왔다. 그 거리의 바닥은 생물 생선이 담긴 스티로폼 박스의 얼음이 흘러나와 늘 축축하게 젖어 있었고 비린내가 끼쳤다. 얼기설기 엮인 플라스틱 채반 위에서 흐리멍덩한 눈을 치켜뜨고 죽어 있는 생선들을 하나하나 집어 가리키며 엄마에게 이름을 물어보곤 했다. 만날 물어봐야 기억나는 것은 익숙한 고등어와 갈치 그리고 오징어 정도 밖에 없었다.

엄마 손을 꼭 잡아 끌어 걸음을 재촉했다. 이 골목만 돌아 서면 드디어 우리에게 콩고물이 떨어지는 곳이었다. 시장의 각종 먹거리를 파는 곳이 나왔기 때문이다. 엄마가 좋아하는 잔치국수는 우리가 즐겨 찾는 식사 메뉴 중 하나였다. 주문과 동시에 면이 삶아져 갖은 고명과 함께 뚝딱 일 분이면 시원한 국물이 부어져 상 위로 올랐다. 상 위의 스테인리스 그릇엔 맵지 않은 고추와 쌈장이 항상 준비되어 있어 심심한 국수의 식감에 아삭함을 더했다. 그 옆으로는 어묵, 떡볶이, 납작 만두를 파는 분식집이 있었다. 겨울이면 모락모락 피어오르는 뜨듯한 어묵 국물을 그냥 지나치기 어려웠다. 한 입 베어 물면 꿀이 뚝뚝 떨어지는 호떡의 고소한 기름내도 항상 우리를 유혹했다.

하지만 뭐니 뭐니 해도 그 중 우리가 가장 좋아하는 것은 닭똥집이었다. 닭의 모래주머니를 가는 나무 꼬치에 서너 개씩 끼워 불에 굽고 달짝지근한 바비큐 소스를 발라주는 것이었는데, 동생과 나는 앉은 자리에서 꼬치 서너 개쯤은 게 눈 감추듯 금방 먹어 치울 수 있었다. 달콤한 소스가 발린 고소한 닭똥집은 쫄깃한 식감을 자랑하며 입에 들어가기 무섭게 목으로 넘어

갔다. 엄마가 장을 보는 동안 허락이 떨어지면 미리 가서 꼬치를 먹고 있기도 했는데 엄마가 도착해서 우리가 먹은 나무 꼬치 개수를 세어 보곤 깜짝 놀라기도 여러 번이었다. 오늘도 엄마 손을 끌고 꼬치 파는 곳으로 갔다. 너무 많이 먹으면 집에 가서 저녁 못 먹는다고 적당히 먹으라고 말리는 엄마가 아니면 아마 그 자리에서 열 개, 스무 개도 먹어 치울 수 있을 것만 같았다. 꼬치에다 어묵, 마지막으로 호떡까지 손에 하나씩 들고 흡족한 얼굴로 우린 시장을 빠져나왔다.

시장을 지날 때면 늘 엄마가 우리에게 "엄마는 시장이 좋다. 백화점이나 마트보다는 시장이 편하고 더 재밌다." 하셨다. 시장에선 마음이 더 여유로웠고 살아 있는 것들의 에너지가 느껴졌다. 백화점 진열대 위 반짝이는 조명 아래, 일렬로 각 잡혀 투명 플라스틱 용기 안에 전시된 것들에서는 도무지 제철의 내음을 맡기가 어려웠다. 그것들은 생명이기보다는 이미 상품이 되어 버린 것들이었다. 인위의 손길이 과하게 더해져 정제된 상품들에게선 거리감이 느껴졌다. 파는 사람과 사는 사람의 흥정이 활기차게 이루어지고 정해진 양보다 하나둘 더 넣어주는 인심이 허락되는 따스한 공간. 찬거리를 찾아 여기저기 누비는 아줌마들과 보기 좋게 물건을 전시하는 상인들의 분주한 손놀림 속에서 하루하루를 살아가는 삶의 활기를 느낀다.

하늘과 땅의 주인이 계시다면

할머니 손을 잡고 교회로 들어선다. 예배가 시작되고 귀에 익은 찬송가가 울려 퍼진다. 찬송가가 끝나고 집단으로 중얼중얼 무언가를 왼다. 목사님의 설교가 이어지면서 한숨인지 탄식인지 모를 "주여!" 소리가 여기저기서 터져 나온다. 끊이지 않는 '아멘'과 '주여' 소리는 마치 입에서 바람이 새는 소리 같기도 하고 추임새 같기도 하다. 무언가를 열렬히 숭배하는 집단 속에 온전히 속해 있지 않으면 그 이질감은 두려움으로 전달된다. 저리 부르짖는 그들의 신은 과연 누구인가. 전지전능하신 신은 모든 것을 알고 계신다는데, 그렇다면 지금 내 '다리 저림'과 '빨리 끝나고 집에 가고 싶음'까지도 알고 있을까. 무슨 말인지 알아듣지도 못하겠지만 여기서 독단적으로 벗어났다간 천벌을 받을 것만 같아 꼼짝할 수가 없다.

전능하신 신은 몰라도 지겨움에 조용히 꿈틀대기

시작한 내 사지를 적어도 우리 할머니는 인지하신 것 같다. 가방 안에서 부스럭부스럭 소리를 내며 투명한 비닐 껍질에 싸인 땅콩 캐러멜을 하나 꺼내 손에 쥐여주신다. 입에 조용히 넣는다. 달짝지근하고 끈적이는 것이 입안에서 나를 달랜다. 표나지 않게 질겅질겅 씹으며 목사님이 목을 놓아 부르시는 저 '하나님 아버지'에 대해 생각해 본다.

하늘과 땅을 지은 주인이 계시다면 그 존재는 어떤 존재일까. '하늘에 계신 우리 아버지'라고 하는데, 그럼 그분은 과연 아버지 같은 분인가. 우리 아빠는 자상하고 따뜻한 사람인데 늘 그렇게 아빠처럼 날 지켜보고 계실까? 그럼 어떤 위험에 처해도 날 지켜주실까? 아빠가 나를 재워주듯이 토닥여주고, 자다가 발로 이불을 차 버리면 다시 따뜻하게 이불을 덮어주실까? 어떤 잘못을 해도 잘못했다고 말씀드리고 뉘우치면 우리 아빠처럼 다 용서해주실까?

세상이 끝나는 날 우릴 심판하러 오신다는데, 그렇다면 그분은 무시무시한 심판자일까? 지키라고 주신 계명을 따라 살지 않으면 펄펄 끓는 무간 지옥불에 나를 던져 넣으실 것인가. 죽고 싶어도 죽어지지 않고 갖가지 형벌이 끝나지 않는 고통 속에 던져져 처참한 비명 소리가 안개처럼 자욱하다는 그런 소름끼치는 곳에 가고 싶지 않다면 착하게 살아야만 하는 걸까. 신은 어디에 사시는 걸까. 하늘의 주인이니 하늘나라에 계시나? 높은 하늘을 쳐다보며 이야기를 하면 다 들어주시는 걸까. 감사한 것도 가지고 싶은 것도 하늘에다 대고 이야기를 하면 되는 걸까. 내가 그토록 갖고 싶은 바비 인형 책가방은 하늘을 쳐다보고 말하지 않아서 아직도 가질 수 없는 걸까. 아빠가 신은 사실 하늘이 아니라 각자의 마음속에 있는 것이라고 했는데 그럼 왜 사람들은 교회로, 절로 가는 것일까. 왜 굳이 주말마다 한 곳에 모여서 노래를 하고 소원을 말하는 것일까. 이해하기에는 너무 어려운 것 같다.

땅콩 캐러멜을 입안에서 이리 굴리고 저리 굴리다 보니 어느새 스르륵 다 녹아 없어졌다. 들쩍지근한 단맛이 입 안에 남아 끈적였다. 주말에 어디서 모이건 그건 내가 상관할 일이 아니지. 그럼 나는 어디서 왔을까. 어디로 가는 것일까. 여긴 어딜까. 나는 누구인가. 땅콩 캐러멜은 이제 그만 먹고 싶다. 자꾸 누군가가 내 입 속으로 캐러멜을 밀어 넣는 것 같다. 질릴 때까지 먹었다. 먹고 또 먹고 먹을 만큼 먹었는데 계속 캐러멜이 입안으로 들어온다. 목이 마른데 물이 없다. 그만 먹고 싶은데 멈출 수가 없다. 캐러멜의 끈적임이 온통 입안에 들러붙어 입이 벌어지질 않는다. 여긴 어디지. 무간 지옥인가. 물을 마시고 싶…

눈을 떠보니 나도 모르게 잠이 들었나 보다. 웅성거림 속에 눈을 게슴츠레 뜨고 할머니를 쳐다본다. "할머니, 나 물." 하자 할머니는 내 손을 꼭 잡고 "집에 가자." 한다. 고개가 왼쪽으로 꺾어졌었는지 목이 뻐근하게 아프다. 목이 말랐다.

고디와 상위 포식자

여름 계곡물에 들어갈 때 우리가 빠지지 않고 챙겨가는 것이 있다. 수경괴 수중 생물 채집 판이었다. 문구점에서 쉽게 구할 수 있는 수중 생물 채집 판은 계곡이나 바다의 생물들을 채집하기 위해 특별히 만들어진 플라스틱 통이다. 가운데 부분이 투명한 판으로 되어 있고 나머지 부분은 얼기설기 망처럼 만들어져 있어서 그걸 수면에 대고 물 안을 보면 수중이 흔들림 없이 깨끗하게 보였다. 계곡 물놀이의 재미 중 하나는 바로 '고디' 잡기. 교과서에 나오는 말로는 다슬기라 불린다는데 어색해서 그렇게는 잘 불러지지 않았다. 고디는 청정 일급수에만 사는 생물이라 했다. 그래서 고디가 사는 물은 맑고 깨끗하다는 증거이기도 했다. 우리는 물놀이를 실컷 하다가 바위에 붙은 고디가 보이기 시작하면 얼른 플라스틱 통을 집어 들었다.

바위에 다닥다닥 붙은 고디를 잠수해서 하나하나

모으다 보면 금세 손에 든 물통 한가득 고디가 채워졌다. 여기에도 규칙이 있었다. 바로 너무 작은 고디는 잡지 않는 것. 너무 작은 고디까지 싹 다 걷어 올리면 내년에는 고디를 잡으러 올 수 없다고 했다. 그래서 아무리 아쉬워도 손에 들린 새끼 고디는 다시 제자리에 돌려놨다. 생태계를 파괴하지 않을 만큼, 그리고 우리가 필요한 최소량만큼만 건져 올렸다. 물론 잡을 때는 누가 더 많이 잡는지 경쟁하듯 정신없이 건져 올리지만 집에 돌아갈 때는 필요한 양을 빼고는 다시 원래 있던 곳으로 돌려보내주었다.

잡은 고디를 집에 가져가 맑은 물에서 해감을 시킨다. 고디가 품고 있는 모래를 빼내는 작업이라고 한다. 꼬물꼬물 대야 벽면을 타고 탈출을 시도하는 고디들을 보고 있으면 저 안쓰러운 존재를 먹는 것이 몹시 야만적으로 느껴지곤 했다. 엄마에게 또 허락을 구한다. 몇 마리만 어항에서 키우면 안 되느냐고. 자연 속에서 살아 있는 것을 집에 들여오기만 하면 함께 살고 싶은 욕구가 솟아오른다. 이번엔 진짜 내가 책임지고 돌보겠다, 물을 잘 갈아주겠다 약속을 하니 동생도 따라서 "키우자. 키우자." 한다. 엄마가 몇 마리만 건져서 어항에 넣어 보라 했다. 과연 고인 물이 들어찬 낯선 환경에서 화려한 빛깔의 서양 물고기들과 함께 잘 공존할 수 있을까.

　기나긴 해감이 끝나고 김이 오르는 솥 안에서 혀를 내민 채 익어 쏟아져 나온 그 느리고 선한 것들의 속을 동글동글 파내어 내장까지 꺼내는 작업을 우리는 모두 전투적으로 해냈다. 스파르타의 전사들처럼 오른손엔 이쑤시개를 들고 왼손엔 가련한 제물을 들고 실눈을 뜨고 노려봤다. 이번엔 끝까지 파내고 말리라. 끊기지 않고 똥까지 파내리라. 속을 파서 된장을 풀고 시원하게 고디국을 끓여내려는 엄마의 의도와 달리 고디 속은 파내는 족족 각자 입으로 들어가 버린다. 담백하면서도 쌉쌀하고 쫄깃한 식감이 식욕을 돋운다. 섬세한 노력이 필요한 것에 비해 입에 들어오는 것이 적어 노동의 대가로는 충분치 않게 느껴진다. 아빠는 이거야말로 '먹다 허기지는 음식'이라며 더 전투적으로 속을 빼낸다. 고디 속이 끊기지 않고 끝부분의 까만 내장까지 쏙 달려 나오게 하는 아빠의 손기술이 부러웠다. 분주히 손을 움직이며 온전히 한 마리의 속을 다 꺼냈을 때는 그 성취감으로 또 먹어댔다.

배가 부르진 않았지만 잡아 온 고디에 대해 최선을 다한 것 같은 기분이 들었다. 운 좋게 여기까지 끌려와 생명을 부지한 어항 속 고디들을 들여다본다. 주워든 기로 고디들이 어항을 깨끗이 청소해주는 역할을 한다고 했던 것 같은데, 어항 벽에 붙어 시야를 가리는 저 미끌미끌한 물이끼들을 깨끗이 먹어주면 좋겠다. 물이끼를 뜯어먹고 생을 부지할 저 녀석들과 내 뱃속에 들어가 똥이 되어 나올 나머지 녀석들을 생각하며 지구상에 존재하는 생명체들의 먹고 먹히는 관계에 대해 다시 생각해 본다. 과학 시간에 배운 먹이 사슬과 피라미드 꼭대기에 올라앉은 상위 포식자가 떠오른다. 날카로운 발톱이나 무시무시한 뿔도, 하다못해 날개조차 없는 우리가 누군가에게 먹힐 위험이 없이 발 편히 잘 수 있는 것이 문득 감사해지는 순간이다.

아궁이

할머니 집 부엌에는 가스레인지 대신 아궁이가 있었다. 가스레인지는 우리가 조작하기에는 꽤 높은 곳에 스위치가 있었지만 아궁이는 땅에 있어서 쪼그려 앉아야 속이 들여다보였다. 마치 작은 동굴처럼 흙으로 둥그렇고 깊게 구멍이 파져 있었다. 아궁이 위에는 흙을 평평하게 쌓아 올린 부뚜막이 있었고 그 위로 커다란 무쇠 솥이 올라 앉아 있었다. 무쇠 솥 뒤로는 흙벽이 있었고 그 뒤가 안방이었다. 밥을 짓기 위해서는 아궁이에 불을 지펴야 했다. 가스레인지를 켜듯이 손잡이를 돌리면 불이 붙는 손쉬운 일 따위는 없었다. 그 귀한 장면을 놓칠 새라 아빠가 불 피우는 장면을 유심히 지켜본다. 아빠는 부엌에 들어오는 일이 거의 없었지만 아궁이에 불을 지필 때는 우리를 데리고 들어와 옆에 앉혀 두고 불 지피는 것을 보여주었다.

　우선 잘 마른 얇은 나뭇가지들을 주워 모아 시옷자

형태로 기대어 세운다. 그리고 날짜가 한참 지나 누렇게 바랜 신문지를 반으로 찢어 잘 구겼다. 불쏘시개로 쓸 종이였다. 처음부터 팔뚝보다 굵은 나무 장작에 불을 붙일 수는 없기 때문에 불을 붙이기 쉬운 종이에서 얇은 나뭇가지로 불을 옮겨 붙여야 한다고 했다.

아궁이 옆에 귀하게 놓인 정사각형의 빨간 아리랑 성냥갑을 집어 든다. 한복을 입고 장구를 메고 장구채를 높이 들어 올린 여성의 그림이 그려져 있다. 성냥을 하나 꺼내어 갈색의 마찰 면에 빠르고 세게 그었다. 불이 확 타오른다. 그 불을 길게 구긴 신문지 끝에 붙이고 시옷자로 세운 나뭇가지 사이로 넣는다.

다음이 드디어 우리의 역할이다. 바로 부채질. 가장 신나는 부분이 이 부분이다. 불이 나무로 옮겨 붙을 수 있도록 열심히 부채질을 해야 했다. 바람이 세게 불면 순간적으로 불이 훅하고 꺼지는 것 같아 보였지만 그 바람을 타고 불꽃은 몇 배로 더 커져 타올랐다. 하얀색 플라스틱 살에 종이로 부채 날개 부분을 덮은 부채를 두 손으로 꼭 쥐고 열심히 위 아래로 휘저었다. 주로 부채 날개에는 새로운 농약이나 고추 품종 또는 보일러 따위를 광고하는 모델들이 활짝 웃으며 우릴 바라보고 있었다. 불길이 안정적으로 살아 붙기 시작하면 점점 더 굵은 나무 장작이 들어갔다.

아궁이에 불을 때면 굴뚝으로 연기가 올랐다. 무쇠 솥 안에 밥이 지어졌으며 구수한 탕국이나 찌개가 끓여졌고 그 불길로 안방 구들장은 뜨끈뜨끈하게 데워졌다. 추운 겨울날 뜨뜻한 안방 아랫목은 온몸을 순식간에 녹이기에 딱 좋았다. 창호지 문을 아무리 단단히 걸어 닫아도 외풍은 아파트에 비할 것이 못되었다. 바람이 불지 않는다는 것뿐 방 안의 공기는 차가웠다. 방 안에서 내복을 입고 겉옷을 겹겹이 입고 있어도 코끝이 시릴 정도였다. 하지만 지글지글 끓어오르는 아랫목 위에 두꺼운 요를 깔고 솜이불을 머리끝까지 뒤집어쓰면 추위는 금세 가셨다. 사실 두꺼운 요 없이는 뜨거운 아랫목에 채 오 분도 누워 있기 힘들었다. 차가운 공기와 상반되게 바닥의 열기는 견디기 어려울 정도로 뜨겁기 때문이었다. 초저녁에 굵은 장작을 넉넉히 아궁이에 넣어 둬야 새벽녘에 불씨가 꺼져도 구들장이 쉬이 식지 않고 아침까지 따뜻하게 잘 수 있다고 했다.

아궁이에 불을 지피는 과정은 가스레인지에 비해 훨씬 번거롭고 시간이 드는 작업이었다. 그래서 아궁이 불을 꺼트리지 않고 불길이 너무 세지거나 약해지지 않도록 지키는 것도 중요하다고 했다. 가스레인지에 익숙한 엄마는 아궁이 앞에 한참을 서서 부엌일을 하고 나오면 허리가 아프다고 했다.

오래 전부터 큰아버지와 아빠는 부엌을 공사해드리겠다 했지만 아궁이가 편하다며 극구 말리는 할머니 때문에 부엌 공사는 차일피일 미뤄지고 있었다. 할머니는 가스레인지가 익숙하지 않았다. 그리고 공사라는 것은 큰돈이 드는 일이 분명하니 그것도 달갑지 않을 것이다. 이미 할머니 허리는 아궁이에 맞춰 90도로 굽어 있었다. 평생 쪼그리고 앉아 밭을 갈고 아궁이에 불을 지피고 수돗가에서 빨래를 했으니 거기에 맞춰 허리는 굳어져 버렸으리라. 삼시세끼 밥을 해 먹이고 자식들을 길러내는 기본적인 노동의 시간동안 허리를 펴고 있는 시간보다 굽히고 있는 시간이 훨씬 길었을 것이다. 그래서 똑바로 서도 허리는 곧게 펴지지 않았다.

언제부터 허리가 저렇게 굽어 버렸을까. 아궁이 속 불을 들여다보면 평생 쪼그리고 앉아 불을 지피고 계셨을 할머니가 아른아른 보이는 것만 같다.

"부드러운 이불에 감싸인 채 손을 뻗으면
저 햇살의 끝에 닿을 것 같았어."

PART 3

아름다운 어린왕자에게

—— 장미, 안녕! 영원한 나의 친구

나의 왕자님, 세상에서 가장 어려운 일은
사람의 마음을 얻는 일이래요.
나는 지금 세상에서 가장 어려운 일을 하고 있어요.

바비 인형과 코피

학교를 가려면 통학 버스를 타야했다. 바쁜 아침 시
간, 통학 버스가 도착하기 전까지 줄을 서서 버스를
기다렸다. 하지만 잠시도 몸을 가만히 놔두질 못하는
아이들은 근질근질한 몸뚱이 대신 가방을 길게 줄 세
워놓고 친구를 찾기 바빴다. 그리고 인도에서 공기놀
이도 하고 비눗방울도 불고 줄넘기를 하기도 했다.
아이들을 배웅 나온 저학년 엄마들은 엄마들끼리 서
서 버스를 기다리며 수다 삼매경에 **빠졌다**. 매일 똑
같은 시간과 장소에 같은 학교 학생들이 모이니 자연
스레 그 시간은 마치 도깨비 장터가 서듯 엄마들과
아이들의 깜짝 놀이터가 되곤 하였다. 길게 줄지어
있는 가방이 서로 누구의 것인지도 눈대중으로 알게
되었다.

　나도 학교에 들어간다고 미리부터 엄마가 장만해
둔 가로로 긴 까만색 가죽 가방을 메고 매일 아침 그

깜짝 놀이터로 갔다. 학교에 가는 것은 이제 큰 누나가 됐다는 표시였고, 아직 유치원에 다니는 남동생에게 멋있어 보이고 싶었던 누나는 씩씩하게 집을 나섰다. 하지만 내겐 학교에 가는 것이 버거운 도전이었다. 또래보다 생일이 빨라 일찍 학교에 입학해 같은 학년 친구들보다도 한 살이 어리고 낯가림이 심했던 내게 학교에 가는 것은 결코 즐거운 일이 아니었다. 그래서 발걸음이 가벼운 날은 거의 하루도 없었다. 조직에 속하려면 조직의 규칙에 따라야 했기에 벗어놓은 가방 줄에 까만 가죽 가방을 기대어놓고 엄마 손을 잡았다. 보낼 수만 있다면 나 대신 가방을 학교에 보내 버리고 싶은 마음이었다.

　이미 앞서서 줄 서있는 가방을 쭉 훑어보았다. 빨간색 미키마우스 가방, 하늘색 신데렐라 가방, 파란색 건담 가방이 플라스틱 재질을 반짝이며 날 바라보고 있었다. 그 중에서도 유독 눈에 띄었던 것은 핑크색 바비 인형 가방이었다. 우리 집 장난감 통에도 예쁜 레이스 드레스를 입고 커다란 눈을 반짝이며 잘록한 허리까지 늘어진 금빛 머리카락을 길게 뻗은 팔로 빗어 내리는 멋진 바비가 늘 나를 기다리고 있었다. 바비 인형의

레이스 드레스를 만지작거리면 손에 금빛 가루가 반짝이며 묻어나왔다. 나의 반짝이는 바비가 다른 애의 가방에서 나를 쳐다보며 자신감 넘치는 웃음을 날리고 있었다. 그 핑크색 바비 인형 가방이 너무 가지고 싶었다. 갑자기 내 까만색 가죽 가방이 부끄러워졌다. 학교에 가기도 싫었지만 못난 가방을 메고 버스에 타기는 더 싫었다. 내 눈에 눈물이 그렁그렁 고이던 찰나 학교 버스가 도착했다. 엄마가 놀라서 나를 쳐다보며 "왜 그래? 왜 갑자기 울고 싶어졌어?" 하고 물었지만 차마 가방 얘기는 할 수가 없었다. 애꿎은 배를 만지며 "배가 아픈 것 같아."라고 말했다. 엄마는 배를 몇 번 쓸어주고 "학교 가서 계속 배가 아픈 것 같으면 선생님께 말씀드려." 하고 나를 버스로 밀어 넣었다. 엄마도 야속하고 내 등 뒤에 매달린 못생긴 까만 가죽 가방도 야속했다.

딱히 좋아하는 과목도 잘하는 과목도 없던 나는 늘 수업 시간이 지겨웠다. 선생님이 앞에서 뭐라고 하시는지 잘 이해할 수 없었다. 대부분의 시간은 뭐라고 하는지 거의 듣고 있지도 않았다. 그저 멍하니 앉아 시간표 속에 갇혀 버린 하루가 어서 흐르길 기다릴 뿐이었다. 창밖으로 보이는 학교의 오래된 담을 바라본다. 학교의 뒷골목은 조선 시대부터 있었다는 오래된 약전 골목과 이어지고 있었다. 덕분에 따스한 햇살과 함께 바람을 타고 한약재 달이는 냄새가 스멀스멀 기어 올라왔다.

　따사로운 햇살을 따라 시선을 여기저기로 옮기다 보면 어느 순간 꽉 막힌 교실 안의 책걸상이 아니라 교실 창틀에 올라서서 선생님과 친구들을 내려다보고 있었다. 내 몸에서 온통 아름다운 빛이 흘러나왔고 모두가 탄성을 지르며 나를 올려다보았다. 그럼 '이만 안녕. 아쉽지만 나는 다시 돌아오지 않을 거야.' 라는 말과 함께 멋지게 그들에게 작별을 고하고 길고 아름다운 핑크색 드레스를 휘날리며 사뿐 하늘로 날아올랐다. 금빛 가루가 반짝이며 교실 바닥으로 떨어졌다. 친구들과 선생님은 깜짝 놀라며 왜 살아 있는 저 아름다운 바비를 못 알아봤을까 후회하며 동경의 눈빛으로 날 바라보았다. 이렇게 구체적으로 생각하고 또 하면 언젠가 정말 교실을 박차고 날아 금빛 가루를 흩날리는 바비가 되어 있을 것만 같았다. 하지만 내 발목을 잡듯 탕약 냄새는 끊이지 않았고,

정신을 차려 보면 선생님의 목소리도 끝이 없이 이어
지고 있었다.

아마 수업이 조금이라도 더 내 마음을 끌 수 있었다
면 학교 다니는 것이 좀 더 재밌었을지도 모르겠다. 수
업은 지루했고, 친구를 사귀는 일도 별로 흥미가 없었
다. 그다지 좋아하는 친구도 없었고 내게 다가오는 만
만한 친구들은 친해지고 싶지 않았다. 그들은 마치 내
등에 멘 까만 가죽 가방같이 느껴졌다. 벗어던지고 싶
었지만 그럴 수 없었다.

어릴 때부터 몸이 약해 부모님께서 곧잘 한약을 지
어 먹었는데 그렇게 먹어놓고도 체력이 얼마나 약했
는지 나는 학교에서도 밥 먹듯이 코피를 흘려댔다. 아
니, 마음만 먹으면 언제든 코피를 흘릴 수 있을 정도
였다. "선생님, 애 코피 나요!" 하는 순간이 유일하게
모든 친구들로부터 집중을 받을 수 있는 순간이었고,
코에 말아 넣은 휴지를 세 번 넘게 갈아 치우고도 피
가 멈추지 않으면 선생님의 걱정과 함께 귀가 조치를
받을 수 있었다. 오늘도 코를 벌름벌름 움직이며 손가
락으로 코를 꾹꾹 눌러 본다. 얼굴에 압력을 높이며
코에 한껏 힘을 주고 코를 풀 듯 콧바람을 흥하고 내

보낸다. 한 번, 두 번. 끈적하고 뜨끈한 코피가 주룩 흐른다.

성공이다. 집에 갈 수 있겠다. 아침과 달리 손에 잡히는 까만 가죽 가방이 가뿐하다.

수선화에게

찬바람이 매서운 겨울 추위가 서서히 풀리던 2월의 마지막 주, 내가 태어나던 날 아빠는 산부인과 병실로 꽃대에 몽우리를 새초롬하게 올린 수선화를 사들고 왔다고 한다. 엄마는 20시간이 넘도록 진통을 하고 말그대로 하늘이 노래져서야 나를 만날 수 있었다는데, 그 산고를 겪어내고 바라봤던 병실 선반의 노란 수선화가 얼마나 화사하고 예뻤는지 이야기해주곤 했다. 그때부터 수선화는 나의 꽃이 되었다. 따뜻한 바람이 솔솔 불기 시작하면 겨우내 얼어붙은 땅속에서 추위를 견디고 구근에서 꽃대를 고고하게 올려 이른 봄이 왔음을 알리는 꽃. 2월 말 딱 그맘때 즈음이면 여기저기에서 하나둘 이른 수선화가 잠들어 있던 꽃대를 올려 초봄을 맞을 준비하곤 했다. 매해 어김없이 내가 태어난 날짜가 돌아오면 아빠는 수선화를 선물해주었고 나의 꽃을 가지고 있다는 것이 좋았다.

수선화의 이름인 'narcissus'는 그리스 신화에 나오는 테스피아이의 미소년, 나르키소스의 이름에서 따왔다고 한다. 눈부시게 아름다운 그 소년은 많은 소녀들의 애간장을 녹였다. 하지만 나르키소스의 강한 자존심은 누구의 사랑도 허락하지 않았다. 그는 많은 이들의 사랑을 잔인하게 거절했고 이들 중 한 명이 나르키소스도 아프게 해달라는 복수의 기도를 하기에 이르렀다. 어느 날 나르키소스는 물을 마시려 샘물에 몸을 숙였다가 강물에 비친 자기의 아름다운 모습에 넋을 잃고 정신없이 빠져든다. 그렇게 복수의 기도가 전해져 나르키소스는 자기와의 사랑에 빠져 앓다가 죽어갔고 그가 죽은 자리에 시신 대신 꽃이 피어났는데, 그 꽃이 바로 수선화였다고 한다. 정신분석학에서 말하는 자기애를 뜻하는 말인 나르시시즘도 이 신화에서 유래되었다. 그래서인지 수선화의 꽃말 역시 고결함, 자존심, 자기애이다. 그의 신비로운 아름다움과 고고한 자존심이 평생 스스로를 얼마나 외롭게 만들었을까. 그래서인지 수선화는 매해 초봄이면 화사하게 꽃을 피워내지만 가만히 꽃을 바라보고 있으면 그 내면의 외로움을 깊이 간직하고 있는 듯 애처로워 보이기도 했다.

　학교에 가면 늘 혼자였다. 한눈에 보기에도 마르고 작은 키에 왜소한 몸집이었고 크게 소리 내어 웃지도 못했다. 말하는 것을 누군가 가까이에서 귀 기울여 들어주지 않으면 알아듣기 힘든 작은 목소리로 겨우 의사 표현을 하는 정도였다. 책이나 공책에 무언가를 적을 때는 꼭 왼손으로 가리고 적었다. 누군가 내가 적은 것을 읽는 것이 싫었고 누군가 내 말을 듣는 것이 부끄러웠다. 사실 그 마음속을 더 깊이 들여다보면 내 글을 아무도 좋아하지 않으면 어쩌지, 내가 하는 말을 친구들이 싫어하면 어쩌지 하는 두려움이 짙게 깔려 있었던 것 같다. 그럴수록 더 작게 말하고 더 보이지 않게 적었다. 거절당할 것이 두려워서 친해지고 싶은 친구에게 먼저 다가갈 수가 없었다. 그들이 나에게 다가와 말 걸어주길 조용히 기다릴 뿐이었다. 하지만 막상 말을 거는 친구들과는 어울리고 싶지 않았다. 정확히 말하면 잘 어울릴 수 없었다. 친구들이 먼저 다가와주길 기다리고 있었지만, 막상 먼저 말을 걸면 나를 보여주는 것이 겁이 나 달아나 버리는 겁쟁이였다. 그래서 항상 외로웠다.

공부를 잘하는 것도 아니었고 그렇다고 노는 것을 잘하는 것도 아니었다. 쉬는 시간이면 유행에 따라 공기놀이나 고무줄, 오자미 놀이 따위에 끼워주기도 했지만 내 몫을 제대로 못할까 봐 지레 두려워 별로 하고 싶지 않다고 말했다. 그리고는 조용히 자리에 돌아와 앉아 재밌게 노는 친구들을 관심 없는 척 바라보곤 하였다. 가끔 놀이에 참여하더라도 그저 줄을 잡아주는 것이나 어떤 팀에도 속하지 않아 책임을 모면할 수 있는 깍두기를 자청했다. 사실 내심 즐겁게 웃고 있는 친구들이 부러웠고 항상 같이 놀고 싶었다. 나도 공기놀이를 하고 싶었고 고무줄을 넘고 싶었으며, 어디에도 속하지 못하는 깍두기 말고 어느 쪽이든 무리 속에 속하고 싶었다. 하지만 같이 하자고 다가오는 친구에게 "나는 오자미 싫어해."라고 들릴 듯 말 듯 말하고 일어나 자리를 비웠다. 내가 못하는 것을 그들이 아는 것이 두려웠다.

수업 시간 역시 내 이름이 불리는 것이 두려웠다. 딱히 잘못하는 일은 없어 꾸중 들을 일도 거의 없었는데 그렇게 존재감이 없는 것조차 부끄러웠다. 사회적 자존감이 낮았고 자신감도 너무 없어서 마치 세상에 내가 제대로 할 줄 아는 것은 아무 것도 없는 것처럼 느껴졌다. 사람들 앞에 있는 내가 부끄러워서 주목받고 싶지 않았다. 잘못한 것이 없었지만 반대로 잘한 것도 없었기 때문에 마치 잘못한 사람처럼 느껴졌다. 마음속 깊이를 들여다보면 모두에게 인정받고 관심받고 싶은 어린 내가 있었는데, 늘 내가 꿈꾸는 내 모습과 사람들 앞에 선 내 모습의 괴리가 너무 커서 도저히 타협할 수 없었다.

학교에서 수련회를 가면 레크리에이션 시간에 어김없이 등장하던 게임이 있다. 바로 '즐겁게 춤을 추다가 그대로 멈춰라!' 노래에 맞추어 춤을 추거나 자유롭게 돌아다니다가 노래가 멈추는 순간 사회자가 제시하는 숫자에 맞추어 짝을 찾는 게임이다. '즐겁게 춤을 추다가 그대로 멈춰라~ 세 사람!' 하는 구령에 맞추어 주변의 친구들과 세 사람이 한 그룹을 만들어 동그랗게 손을 잡는다. 세 사람 안에 들지 못해 어떤 그룹에도 속하지 못한 남은 사람들은 앞으로 나가서 벌칙을 받아야 했다. '즐겁게 춤을 추다가 그대로 멈춰라' '네 사람!' '두 사람!' '다섯 사람!' 나서서 적극적으로 그룹을 만들 재간도 없었고, 그룹에 우선하여

불러줄 만큼 인기가 있지도 않았기에 그 시간은 내게
고역이었다. 더 끔찍한 것은 그렇게 모든 그룹에서 버
림받은 사람들은 벌칙을 받아야만 한다는 것이었다.
주로 친구들 앞에서 엉덩이로 이름 쓰기, 눈 감고 코끼
리 코 돌기 같은 ─ 보는 사람만 즐거운 ─ 굴욕적인
벌이었다.

마치 파도에 들썩이는 몸을 제 의지로 가누지 못하
고 바닷물 위를 부유하는 끊어진 미역줄기처럼 이리
왔다 저리 갔다 했다. 어느 바위에도 붙지 못하고 떠돌
다 해변으로 떠밀려와 햇볕에 바싹 타 버리는 무기력
한 존재같이 느껴졌다. 노래에 맞춰 다 같이 까르르 웃
고 떠들고 장난치는 군중 속에서 입가에 억지로 웃음
을 악물고 있는 나는 웃고 있었지만 언제 밖으로 떠밀
려갈지 두려워하며 조용히 속울음을 울고 있었던 것
도 같다. 갈 곳이 없어 울고 있는 내게 즐겁게 춤을 추
라는 노래의 가사가 잔인하게도 끝없이 역설적으로
들려왔다.

그렇게 어디에도 소속되지 못하는 느낌을, 군중 속
에 외로움을 고스란히 몸으로 배워야만 했다. 왜 다 같
이 즐거우면 안 되는 것일까. 대체 왜 놀이를 하는 데

에도 반드시 승자가 있고 패자가 있어야만 하는 것일까. 공부든 게임이든 다 같이 이기고 함께 기뻐할 수는 없을까. 어디서도 누굴 이겨 본 경험이 별로 없었던 나는 승패가 있는 학교가, 누군가와 비교 당해야만 하는 사회가 썩 즐겁지 않았다. 드물게 상을 받거나 게임에서 이길 때도 있었지만 성취감과 동시에 누군가에게는 패배감을 안겨줬을 것이라는 아픔이 마음 한구석에서 날 더 괴롭혔다. 나이에 비해 어른스러움은 그렇게 원치 않는 최초의 사회 경험들 속에서 저절로 얻어진 것 같다. 누군가 이기면 반드시 누군가 지는 사람이 있다는 사실이 슬펐다. 그래서 어느 쪽에 서도 나는 다시 고스란히 아팠다. 내가 얄팍한 승리의 웃음을 짓고 있을 때 나 대신 어디에도 소속되지 못하고 이름 불리지 못한 누군가는 즐겁게 춤을 추라는 노래 속에 억지 웃음을 악물고 소리 없이 울고 있을 것만 같았다.

아빠가 지어주신 내 이름에는 '곧을 정貞' 자가 들어간다. 여자아이 이름에 흔하게 쓰이진 않는 한자인데 곧은 지조를 마음에 품고 고고한 기개를 지니길 원하며 지은 이름이다. 생을 처음 맞이하는 순간 수선화를 살 때의 마음과 이름을 지어줄 때의 아빠의 바람은 같앉을까. 이미 내가, 엄마가 나를 낳은 나이가 되었는데도 여전히 이른 초봄 수선화 군락이 보이면 '정인이 꽃이 활짝 핀 걸 보니 봄이 왔나 보다.' 하며 사진을 찍어 보내곤 한다. 올해도 어김없이 2월 말이면 부지런히 봄을 준비하는 수선화를 볼 수 있겠지. 단단한 알뿌리를 안고 소리 없이 땅속에서 차가운 겨울 추위를 홀로 견디고 있을 숨겨진 아름다움이, 외로워서 더 찬란하게 아름다울 그 꽃이 고고한 꽃대를 올리길 기다린다.

오늘도 눈물겹게 외로움을 안고 살아갈 누군가를 진정으로 안아주고 싶다. 우리가 얼마나 곧고 아름다운 존재인지 돌아보며 따뜻한 봄을 함께 회복하고 싶다.

누군가 날 지켜보고 있다

아침이면 늘 힘들게 눈을 떴다. 그날 아침도 그랬다.
학교는 가기 싫었고 날이 추워지니 이불 밖으로 나가
는 게 더욱 힘들었다. 지난밤 꿈에서 너무 생생하게 누
군가 나를 쫓아오고 있었다. 하지만 그가 누구인지는
알 수 없었다. 계속 보이지 않는 무언가가 날 따라오고
있었고, 계속 몸을 숨기려 했지만 보이지 않는 눈빛은
끊임없이 날 쫓고 있었다. 불안함과 두려움을 뒤로 한
채 정신없이 달리다 알람 소리에 눈을 뜨면 식은땀이
등줄기를 타고 흘렀고 숨이 찼다. 꿈자리가 사나워 잠
을 잤지만 잔 것 같지 않게 피곤했다. 억지로 몸을 일
으켜 대충 얼굴에 물만 묻히고 식탁에 앉는다. 엄마가
어서 밥 먹고 옷을 갈아입지 않으면 늦는다고 재촉했
다. 목이 칼칼해 아침도 먹는 둥 마는 둥 한다.

　아, 맞다. 오늘 미술 시간이 있구나. 던져놓은 알림
장을 그제야 확인한다. 미술 준비물이 있었는데 까먹

었다. 가는 길에 문방구에서 살 시간이 될까? 정말 귀찮아 죽겠다고 생각하며 가방을 여는데 마술처럼 준비물인 호일과 빨대와 물감 세트가 가방에 떡하니 들어있다. 깜짝 놀라 고개를 드니 "엄마가 어제 다 챙겨놨어. 얼른 준비해. 늦었다." 한다. 엄마에게 '고마워요.'라는 말은 왜인지 입 밖으로 잘 나오지 않는다. 뒤로 이어질 잔소리가 두려워 괜히 먼저 툴툴거리며 집을 나선다. 엄마는 어떻게 모든 걸 알고 있는 걸까.

9층에서 버튼을 누르고 기다리는데 오늘따라 15층 꼭대기부터 층층마다 승강기가 멈추며 더디게 내려온다. 이럴 땐 그냥 계단으로 뛰어내려가는 것이 더 빨랐다. 더 기다릴 것도 없이 손잡이를 잡고 층계를 쿵쿵 서너 칸씩 건너 뛰어내린다. 엘리베이터와 경쟁하듯 미끄러져 내려온다. 8층, 7층. 사람 소리가 들리는 걸 보니 7층에서 또 한 번 멈추겠군. 6층, 5층, 4층, 여기도 애들 목소리가 들린다. 3층, 지금까지 속도로는 내가 빠르다. 2층, 충분히 승산이 있어. 드디어 1층, 도착이다. 아직 엘리베이터는 4층에 머물러 있다.

오래된 아파트 층계참에서는 습하고 서늘한 지하실 공기가 전해져 올라왔다. 아래층으로 내려갈수록 지하실에서 올라오는 퀴퀴한 먼지와 곰팡내는 점점 더 진해졌다. 아파트 계단과 이어져 굳게 닫힌 지하실 문으로 연결되는 어두컴컴한 계단은 항상 무서웠다. 옆집 언니가 해준 이야기 때문에 굳게 닫힌 지하실은 늘 미스터리하고도 두려운 곳이었다.

저 문을 열면 이 아파트가 지어질 당시에 사고로 죽은 아저씨가 벽에 묻혀 있다고 했다. 밤이면 나타나는 동네 고양이들이 그 시체를 먹고 산다고 하기도 했다. 그래서 우리가 보는 낮 동안 저 문은 저렇게 잠겨 있다가 자정만 되면 저절로 열리고 새벽에 고양이들이 배를 채우고 나면 다시 문이 스르르 잠긴다고 했다. 정말 늦은 밤에 저 지하실 문이 반쯤 열려 있는 걸 봤다는 동네 아이도 있었다. 떼지어 다니는 고양이 무리 중엔 그 아저씨의 눈을 파먹은 고양이가 있었는데 그 고양이가 죽은 아저씨의 눈을 갖게 되었다고 했다. 그 고양이와 12시가 넘어 눈이 마주치면 정신을 잃고 지하실로 끌려간다는 이야기도 있었다.

말도 안 되는 이야기라고 생각했지만 말이 안 된다고 생각할수록 더 머리에 맴돌았다. 아파트 어딘가에 진짜 그 고양이가 살고 있을 것만 같았고 지하실을 바라볼 때마다 등골이 서늘해졌다. 이상하게도 그 먼지 섞인 퀴퀴한 지하실 냄새는 맡을수록 중독성이 있어서 자꾸 더 들이마시고 싶어졌다. 층계참에서 크게 숨을 들이마시고 묘한 기분을 느끼며 경비 아저씨에게 꾸벅 인사를 하고 길을 나선다.

날이 흐려서일까, 어두컴컴한 안개 속에서 어렴풋이 누군가 날 지켜보고 있는 기분이 자꾸 들었다. 뒤를 돌아 아무도 없음을 확인하고 다시 몇 발자국 가다 휙 돌아본다. 아무도 없다. 다시 잰걸음을 재촉하다 문득 고개를 들어 위를 올려다본다. 9층 아파트 위에서 엄마가 내려다보고 있다. 휴우, 한숨을 내쉬며 손을 크게 흔든다. 엄마가 빨리 가라며 손을 휘휘 내젓는다. 여전히 누가 날 보고 있는 것만 같다. 아파트 입구에서 흐릿하게 무언가 움직이는 것 같아 갑자기 발걸음을 또 멈춘다. 분명 번뜩이는 것이 고양이 눈빛이었던 것 같은데…. 이제 더 여유를 부릴 시간이 없음을 기억하며 바삐 걸음을 내딛기 시작한다.

학교 정문이 가까워지니 하나둘 친구들 얼굴이 보이기 시작한다. 얼른 교실에 들어가서 수업 시작 전까지 만화책을 읽어야겠다. 집엔 엄마가 60권 전집으로 사주신 만화 삼국지가 있었다. 그걸 매일 몇 권씩 가방에 숨겨 들고 왔다. 친구들이 차례로 책을 빌려가서 돌려가며 읽었다. 서로 순서를 먼저 예약하느라 내게 갖은 아양을 부렸고 보답으로 돌아오는 간식은 내가 누릴 수 있는 작은 호사였다.

오늘도 몰래 모셔온 유비, 관우, 장비가 내 가방 안에 숨어 있다는 것을 친구들에게 눈빛으로 소통하여 알렸다. 사실 만화책은 학교에 가져오지 말라고 이미 선생님께서 엄포를 놓으셨기에 갑자기 가방 검사라도 할까 조마조마하지 않을 수 없었다. 하지만 내가 암암리에 삼국지를 들고 다닌 것이 이미 하루 이틀 일이 아니라 선생님도 반 아이들도 쉬쉬하며 다 알고 있었다. 선생님이 마음만 먹으면 우리의 삼국지는 끝이 난다는 것을. 그래서 만화책의 전달은 더 조심스럽고 조직적으로 진행되곤 하였다. 그 넘치는 긴장감 끝에는 늘 선생님의 매서운 눈초리가 우리를 보고 있는 듯, 보지 않는 듯 느껴졌다.

가끔 누군가가 어디서 나를 끊임없이 지켜보고 있다는 느낌을 지울 수가 없었다. 오늘은 특히 더 그랬다. 꿈자리부터 뒤숭숭했고 등굣길 아파트 입구에서 문득 마주친 희뿌연 안개 속 고양이의 눈빛이 자꾸 생각나 꺼림칙했다. 계속 선생님 눈치를 보고 있어서인지 기분이 찝찝했다. 아침을 대충 먹어서 배가 고팠고 허겁지겁 급식을 먹다 보니 문득 엄마가 만든 김밥이 먹고 싶어졌다. 소풍 때가 아니면 먹을 수 없는 음식이었기 때문에 더 특별하게 느껴지는 엄마 김밥.

옆자리에 앉은 제일 친한 친구에게 오늘 왠지 김밥이 먹고 싶다고 이야기했다. 그랬더니 친구는 떡볶이가 먹고 싶다고 했다. 음식 이야기 끝에 최대한 자연스럽게 행동하며 주변에 누가 우리 이야기를 듣고 있지 않은지 티가 나지 않게 살펴보았다. 그리고 친구에게 오늘 느낀 것을 비밀스레 전달했다. 누군가 나를 계속 지켜보고 있는 것 같다고. 그리고 정말 조심스럽게 너도 이런 기분을 느껴 본 적이 있는지 물었는데, 공감할 줄 알았던 친구는 전혀 그랬던 적이 없어서 모르겠다고 했다.

갑자기 거리감이 느껴졌다. 비밀이 없는 사이라 늘 내가 하는 말에 공감했던 친구인데 왜 내 기분을 이해하지 못하는 걸까. 혹시 이 친구도 한패인 건가. 제일 친한 이 친구마저 어쩌면 연기를 하고 있는 것은 아닐까. 어디까지가 진짜이고 어디까지가 가짜일까. 혹시 친구들과 선생님이 모두 나를 위해 고용된 사람들은 아닐까. 어디서 누가 이 모든 것을 지켜보고 조종하고 있는 것은 아닐까. 이 생각이 한번 머릿속에 들어오자 정말 하나부터 열까지 다 의심스러워지기 시작했다.

종일 이 기묘한 생각에 골똘히 사로잡혀 있다가 집으로 돌아왔다. "다녀왔습니다!" 인사와 동시에 허둥지둥 가방을 벗어던졌다. 오후 간식을 먹으려 손을 씻고 식탁에 앉았는데 나도 모르게 온몸에 소름이 끼쳤다. 엄마가 간식으로 내어 온 것은 김밥이 아닌가! 소풍도 아닌데 이건 불가능한 일이다. 누군가 어디서 나를 지켜보고 있음이 분명하다. 친구에게 조심스레 했던 이야기도 모두 어디서 듣고 있었던 모양이다. 김밥이 먹고 싶다는 것을 엄마에게 전달했다니. 이제 엄마에게도 마음 놓고 이야기를 할 수가 없었다. 이 생각은 이제 점점 더 확신이 되어 다가왔다.

말없이 텔레비전을 켰다. 텔레비전에서는 한참 역사 다큐멘터리가 방영 중이었다. 하필이면 내용이 실제 역사 속에서 관우가 사용하였던 무기에 대한 내용이었다. 관우는 청룡언월도 같은 대도를 사용한 적이 없으며, 역사적으로도 그러한 형태의 대도는 후대에 발명된 무기라는 내용이 흘러나오고 있었다. 또다시 소름이 끼쳤다. 삼국지라니. 누군가 텔레비전 내용까지 나에게 맞춰 조정하고 있구나. 황급히 채널을 돌렸다. 이번엔 외국어 교육 방송이었다. 하필 정확히 지난달에 학교에서 배웠던 단어들을 알려주고 있었다. 평소였다면 배웠던 단어가 나온다고 아는 체했겠지만 이제는 달랐다. 누군가가 날 교육시키기 위해 텔레비전을 통해 단어를 반복하고 있는 것이다.

이제야 머릿속에서 퍼즐이 맞춰지듯 하나하나 이해가 되기 시작했다. 아침에 아파트 지하실 층계 냄새를 들이마시는 것을 보고 누군가 아파트 입구에 고양이를 풀어놨구나! 그 고양이가 저주받은 고양이였던 게 틀림없어. 나는 이제 지하실로 끌려가는 것인가. 아, 미술 준비물도 저절로 가방에 들어 있었지. 이미 나 빼고 모든 사람이 한패였구나.

말도 못하고 불안감을 품은 채 내 방에 들어와 깜빡 잠이 들었다 일어났다. 사방이 조용하다. 내가 잠들길 기다렸다가 모두 이 세트장을 빠져나갔나 보다. 아무도 이 집에 있지 않은 것 같다. 엄마도 친구도 다 가짜인건가. 나는 이제 혼자인걸까. 한참 비몽사몽 꿈과 현실을 헤매고 있는데 엄마가 방 안으로 들어왔다. 반가운 마음과 낯선 마음이 교차되었다. 떨리는 마음으로 "엄마, 어떻게 알았어? 왜 갑자기 김밥을 만들었어?" 하고 묻는다. 엄마가 내게 진실을 말해줄 것인가. 누군가가 내 이야기를 전해줬다고 말해줄 것인가. 사실은 엄마도 누군가에게 조종당하고 있다고 알려줄 것인가! 가슴이 두근거렸다. 이어지는 엄마의 대답, "내일 민재 유치원에서 소풍 가." 아, 그렇구나. 일순 복잡했던 머릿속이 단박에 정리된다.

　망상의 늪에서 빠져나오니 불안감은 사라지고 민망함만 남는다. 말없이 방에 들어와 자다 깨서는 갑자기 김밥을 왜 만들었냐고 묻는 날 엄마가 어리둥절하게 바라본다.

　"나 김밥 더 먹을래."

　갑자기 허기가 진다. 나가서 먹고 싶었던 김밥이나 마저 먹어야겠다.

　"먹기 전에 너 알림장부터 확인해. 다시는 엄마가 대신 준비물을 안 챙겨준다. 네가 애기도 아니고 어떻

게 엄마가 만날 챙겨줘야 되니. 너 오늘 아침에도 엄마
가 미리 안 챙겨놨으면 어떡할 뻔 했어."

매일 하는 잔소리가 으레 이어진다. 아, 꿈이 아니
구나. 엄마가 항상 날 지켜보고 있었나 보다.

나의 계이름

도 레 미 파 솔

음계라는 것을 배운 이후로 노래를 들으면 그 노래의 계이름이 저절로 머리에 떠올랐다. 이런 나를 보고 엄마와 아빠는 음악 신동이 아닐까 생각했다고 한다. 스스로도 음악에 굉장한 소질이 있다고 생각했다. 어떤 노래든 듣고 익숙해진 노래는 머릿속에 계이름이 그려졌고 따라 부를 수 있었다. 그래서 자연스럽게 건반이 있는 악기를 갖다 주면 연주할 수 있었다. 가령 '학교 종이 땡땡땡 어서 모이자. 선생님이 우리를 기다리신다.' 라는 가사의 '학교 종이 땡땡땡' 이라는 노래를 들으면 자동적으로 다장조의 '솔솔 라라 솔솔미 솔솔 미미레, 솔솔 라라 솔솔미 솔미레미도' 라는 계이름이 머릿속에 그려졌다. 노래를 들으면 그대로 재현해 계명창을 하자 주변에서는 무척이나 신기해하였다. 음악에 이렇게 숨겨진 재능이 있었다니, 스스로에게 놀라웠다.

이렇게 청음에 재능을 보였던 나를 엄마, 아빠는 기대에 찬 눈빛으로 피아노 학원에 보냈다. 학원에 다녀와 연습을 한답시고 소리가 나지 않는 종이 건반을 길게 내려놓고 두드렸다. 종이 건반을 내려치며 목소리로 마음껏 노래했다. 원하는 대로 소리를 내면 되니 틀린 음이 있을 수 없었다. 그렇게 학원을 다니며 재미있어하자 부모님은 결국 큰맘 먹고 나무로 된 멋진 피아노도 집에 들여놓았다. 나무로 된 피아노 양쪽에는 멋들어진 페이즐리 무늬가 조각되어 있었다. 반들반들한 원목 피아노는 손을 대면 미끄러질 것처럼 부드럽고 따뜻했다. 이 멋진 피아노가 내 것이라니 정말 꿈만 같았다.

'아, 이렇게 피아니스트가 되는 것이구나.'

피아노 앞에 앉아 띄엄띄엄 악보를 읽으며 밤낮 없이 건반을 두드려 댔다. 처음 시작한 바이엘 교본이 마치 성경책이라도 되는 양 뿌듯하게 들고 다니며 들여다보고 또 괜히 관심도 없는 동생을 옆에 앉혀다가 "보이나? 이건 이렇게 연주하는 거다." 하며 반복되는 "도레도레 미레미레 도레도레 미레미레 도" 따위를 거들먹거리며 쳐 보이곤 했다.

시간이 지나며 좀 더 효과적으로 진도를 나가기 위하여 부모님은 피아노 학원 대신 동네에 유명한 피아노 선생님 집으로 날 보냈다. 피아노 학원에서는 옆방의 피아노 소리와 떠드는 아이들 소리에 정신이 없었고 개인 지도해주는 시간도 짧았지만 이곳은 달랐다. 선생님 집 마루에는 아이보리 커튼을 넘어 따뜻한 햇살이 은은하게 들어왔고, 피아노 방에서는 늘 좋은 냄새가 났다. 피아노도 학원에 있는 낡을 대로 낡고 작은 구닥다리 피아노가 아니었다. 예전엔 유명한 피아니스트였다는 선생님이 연주하던 오래되었지만 고풍스럽고 멋져 보이는, 길이 잘 든 피아노였다. 피아노는 주변이 잘 정돈되어 있었다. 각자의 레슨 시간에 맞추어 학생들이 한 명씩 왔기 때문에 수업 시간 동안은 당연히 공간 안에 선생님과 나 둘 뿐이었다. 주변이 무척이나 고요했고 레슨 시간엔 정확히 나의 피아노 소리 밖에 들리지 않았기 때문에 숙제 검사를 받을 때 살짝 긴장하여 꼴깍 침 삼키는 소리까지 다 들리는 것 같았다. 열심히 연습한 곡을 선생님 앞에서 연주해 보이면 선생님은 가벼운 칭찬과 함께 피아노 위에 올라가 있는 사랑방 선물 사탕통을 내려주었다. 동그란 원통 뚜껑을 열면 초록, 빨강, 보라, 주황, 하양, 노랑까지 과일향을 풍기는 색색의 알사탕이 가득 담겨 있었다. 하나를 골라서 먹을 수 있었는데 어떤 맛을 고를지 고민하는 시간이 한 곡의 연주 시간보다 더 걸릴 정도였다. 고심하여 한 알을 골라 입에 넣으면 그 달콤함은 어떤 것에도 견줄 수 없었다. 사탕을 녹여 먹으며 그 날의 진도를 또 나간다. 새로운 곡을 배우고 몇 번 연습하고 나면 집에 가서 한 곡을 열 번씩 연습해 오라고 곡 옆에 포도를 그리고 오늘 날짜를 적어주었다. 넷, 셋, 둘, 하나. 알알이 열려 있는 포도송이를 한 번 연습할 때마다 하나씩 연필로 까맣게 색칠하여 완성하면 되었다. 열 번이 아니라 스무 번, 서른 번도 거저 할 수 있었다. 식은 죽 먹기였다.

아직은 어설픈 독수리 타법이었지만 여전히 아무 문제없이 자주 들었던 음악을 피아노로 재현해낼 수 있었다. 그때마다 가족들은 배우지도 않은 곡을 연주할 수 있다며 열광했고 그럴수록 피아노는 더 재미있었다. 언제나 그랬듯 부모님은 재미있어하는 것을 찾아낸 딸을 아낌없이 지원해주셨다. 조금만 더 지나면 어느 음악회 무대에서 보았던 것처럼 반짝이는 드레스를 입고 피아노를 연주할 수 있을 것만 같았다. 어느 정도 바이엘이 진도를 나가자 『어린이 피아노 소곡집』이라는 멋진 책을 한 권 더 시작하게 되었다. 거기에는 아는 노래가 여럿 있어서 더 신이 났다. 정말 음악 같은 음악을 연주하게 된 것이다. 처음 등장하는 다장조의 쉬운 음악들은 마치 이전에 이미 여러 번 연습해 봤던 것처럼 건반을 두드릴 수 있었다. 선생님이 계이름을 소리 내어 읽어 보고 연필로 건반 아래 적어 보라고 하셨다. 계이름을 하나씩 집어 읽을 필요도 없이 줄줄 외웠다. 아니, 외운다기보다는 이미 알고 있는 노래의 계이름은 악보를 읽지 않아도 그냥 머릿속에 바로 떠올랐다. 다음 시간까지 연습하고 오라고 그려주신 포도송이는 색칠을 하나하나 할 필요도 없었다. 이미 완벽했으므로 그냥 한꺼번에 열 알을 다 색칠해 버렸다. 한참 어린 동생을 끌고 와 옆에 앉혀다가 건반을 두드리는 것을 멋지게 보여주고 "자, 봤재? 니도 쳐 봐라." 해서 따라하지 못하면 으스대는 맛도 있었다. 내 자만심은 그렇게 하늘 높은 줄 모르고 치솟았다.

그러나 고공행진 위로만 올라가던 자만심을 가로막

는 것이 생겼으니, 일명 '샤프'와 '플랫'이라 불리는 것들이었다. 좀 더 진도가 나가면서 드디어 반음 올리고 반음 내리도록 명령을 내린다는 올림표와 내림표가 하나둘 등장하였다. 문제는 피아노가 아니었다. 바이엘도 소곡집도 문제가 아니었다. 내 머릿속에서 자동 생성되는 계이름이 문제였다. 음악 신동으로 불리게 해주었던 그 능력이 악보 연주에 방해가 되다니. 그때 깨닫게 되었다. 내가 읊조리는 계이름은 악보에 있는 그대로의 음계가 아니었다. 그랬다면 부모님이 열광하신 것처럼 나는 절대 음감의 소녀로 깨나 세간의 주목을 받을 수도 있었을 것이다. 그러나 아니었다. 있는 음을 그대로 재현할 수 없었고 들은 멜로디를 무조건 다장조의 음계로만 표현할 수 있었다. 그러니 원래 다장조인 계이름은 악보 그대로 재현이 되었지만, 음계에 올림표나 내림표가 있는 것은 다장조로 조옮김한 형태의 계이름이 머릿속에 떠올랐다. 차라리 새롭게 배우는 곡은 문제가 되지 않았으나 원래 알고 있던 동요나 흥얼거릴 수 있는 곡들은 도저히 헷갈려서 칠 수가 없었다. 머릿속은 이미 그 곡을 다장조로 연주하고 있었고 손가락과 눈은 계이름을 따르고 있어 불협

화음을 내며 엉켰다. 악보의 계이름을 그대로 읽어내지 못하자 선생님의 잔소리가 시작되었다. 포도송이 열 알을 하나하나 채워 어렵게 색칠을 했으나 연필로 악보 아래 적어놓은 한글 계이름을 지우고 나면 말짱 도루묵이었다. 손가락은 눈으로 보는 악보가 아니라 머릿속의 조옮김한 다장조의 음계를 따르고 있었다.

"또 연습 안 했구나!"

선생님의 잔소리가 이어졌고 진도가 못 나간 채 똑같은 곡을 지겹게 치고 또 쳐야만 했다. 사탕맛을 못 본 지 점점 오래되어서일까 이제 피아노 앞에만 앉으면 입이 썼다.

그 즈음부터였다. 동생도 피아노 선생님 댁에 레슨을 받으러 다니기 시작했다. 동생이 태권도장에서 배운 태극이니 금강이니 하는 것들의 품새를 멋지게 보이고 엄마, 아빠의 박수를 받을 때마다 나는 피아노 소곡집을 들고 와 가장 자신 있는 곡을 연주하고 박수를 받았다. 그렇게 집 안에서의 '음악 신동' 자리를 공고히 하였다. 그러나 이제 막 피아노를 배우기 시작한 동생은 피아노에도 태극이나 금강 못지않게 흥미를 보였다. 영리하고 재바른 동생은 금방금방 진도를 따라

잡았다. 이제 음악적 재능은 내가 아니라 동생이 가진 것 같았다. 적어도 학원에서 배운 대로 착실하게 악보를 잘 읽을 수 있었기 때문이다. 선생님이 시킨 대로 하는 것, 그것이야말로 재능이었다. 그렇게 쭉쭉 배워 나가는 속도가 여간 빠른 것이 아니었다. 인정하고 싶지 않았지만 동생이 워낙 빠르게 진도를 나가자 나는 그보다 더 빠른 속도로 피아노에 흥미를 잃어 가기 시작했다.

분명 피아니스트가 되고 싶다고 생각했었는데 그 꿈은 오래가지 못했다. 순수하게 음악을 좋아했던 것인지 아니면 그냥 피아노 소리에 열광하는 가족들을 좋아했던 것인지 모르겠다. 여전히 음악을 들으면 계명창을 할 수 있었지만 더 이상 건반 악기 앞에 앉고 싶지는 않았다. 멋들어지게 읽어내는 다장조의 계이름들이 어쩌면 올림표 내림표가 잔뜩 붙은 악보를 가진 다른 음악이라는 생각이 들자 천재적인 계이름 읽기는 그저 무색해졌다. 이제 그건 아무 짝에도 쓸모없는 재능같이 느껴졌다. 악보가 미웠다. 학원을 가기 전처럼 좋아하는 음악을 듣고 자유롭게 노래할 수 있다면, 예전처럼 귀에 들리는 대로 악기를 연주할 수 있다면, 훨씬 더 많은 노래를 듣고 더 많은 음악을 재현해 내고 나름의 방식대로 음악을 만들어 갈 수 있었을 것만 같았다. 왜 악보라는 것이 존재하고 정해진 계이름이라는 것이 존재해야 하는지. 날 음악 신동으로 불리게 했던 음악적 재능이 왜 그 앞에서 작아져야만 하는지 알 수 없었다. 악보 읽는 법을 몰라서 오히려 구속될 일이 없었던 과거로 돌아가고 싶었다. 마치 에덴동산에서 선악과를 따먹고 눈이 뜨여 삽시간에 스스로가 부끄러워져 버린 이브가 된 것 같았다. 악보라는 것을 배우고 나니 다장조로 불러댔던 나의 계이름이 도리어 무식하게만 느껴져서 더 이상 큰 소리로 노래할 수 없었다. 이제는 읽히지 않는 악보가 싫었고 피아노도 싫어져 버렸다.

좋아하는 것이 많았던, 그래서 웃을 일도 많았던 더 어린 나를 돌아본다. 분명 스스로를 설레며 바라보았던 적이 있었는데 이제 잘 기억이 나질 않는다. 자유롭게 노래하고 신나게 춤을 추고, 이야기를 지어내고 행복하게 웃을 수 있었던 모습을 떠올리려 노력해 본다. 학교 안에서, 학원 안에서, 악보 안에, 교과서 안에, 시간표 안에 기쁨이 되었던 많은 것들을 잘게 잘라 맞추고, 구기고, 욱여서 담고, 누르다 보니 원래 어떻게 노래했었는지 빠르게 잊어 간다. 교환 일기장에 재미있는 이야기를 만들어 소설이랍시고 꾸며대고 친구들과 함께 깔깔댔었는데, 문장 안에서 주어를 찾고 목적어를 찾고 빠른 시간 안에 문단을 단락 나누어 끊어 읽고 주제를 찾는 것에 익숙해지다 보니 음악을 좋아했었는지 글을 좋아했었는지, 시인이 되고 싶었는지 피아니스트가 되고 싶었는지 헷갈린다.

무엇이든 할 수 있는 어른이 되고 싶었는데, 할 수 있는 것이 많아질수록 오히려 마음대로 할 수 없는 것이 많아지는 모순을 느낀다.

이제는 잘 모르겠다. 머릿속에 떠오르는 계이름을 완전히 버리고 눈앞의 악보에 갇힌 계이름을 잘 읽을 수 있게 되면 그토록 원했던 어른이 되는 것일까. 아무튼 이제 피아노는 더 배우고 싶지 않았다.

"빨리 어른이 되고 싶었어.
그런데 어른이 되고 나니까
이제 무엇이 되어야 할지 모르겠어."

단발머리 소녀

좋아하는 애가 생겼다. 깊고 따스한 눈빛에 훤칠한 키, 나지막한 목소리로 따뜻하고 다정다감하게 이야기하는 말투는 늘 감미롭게 귀에 감겼다. 늘 아빠같이 멋있는 사람과 결혼하고 싶다고 생각했었는데 그 친구도 우리 아빠처럼 자상하고 배려가 넘쳤다. 친해지고 싶다고 생각은 했지만 부끄러워서 먼저 말은 잘 못 걸었다. 친절하고 재치 있는 입담까지 가진 그 애의 주변에는 언제나 같은 반 여자 친구들이 함께 있었고 다들 그 아이와 어울리고 싶어 했다. 가까운 듯 먼 듯 같은 분단에 있기만 해도 기뻤다. 그 친구의 목소리가 들리는 거리라면 그것으로 만족스러웠다.

그 아이가 하는 말을 조용히 멀리서 듣고만 있다. 어제는 엄마가 마시는 커피를 자기도 한 잔 마셨다고 했다. 어린이들도 조금은 마셔도 괜찮다고 해서 매일 아침에 커피를 연하게 마신다고 했다. 커피를 좋아하

는 아이라니, 뭔가 어른스럽고 멋있게 느껴졌다. 집에
와서 기회를 엿본다. 엄마가 마시다 빨래 너는 사이 잠
시 내려놓은 커피를 한 모금 슬쩍 마셔 본다. 급하게
들이마신 뜨거운 한모금은 입천장과 혀를 얼얼하게
만들었다. 부드러운 프림과 달달한 설탕이 감싸 안은
믹스 커피 한 모금은 진하고 씁쓸한 뒷맛만을 남기고
목을 타고 넘어갔다.

　선생님은 한 달에 한 번 제비뽑기로 자리를 정해주
셨다. 제비뽑기가 좋은 제도인지 아닌지는 알 수 없었
다. 그저 무작위로 뽑힌 짝꿍이 맘에 들면 제비뽑기는
매우 공평하고 합리적인 제도였으며, 맘에 들지 않으
면 무책임하고 불합리한 제도로 느껴졌다. 자리가 마
음에 들 때는 다음 제비뽑기가 다가오지 않길 바랐고
마음에 들지 않을 때는 한 달이 일 년같이 길었다. 떨
리는 마음으로 뽑은 종이를 들고 가방을 들쳐 메고 새
로운 자리를 찾아가 앉았다. 자리는 나쁘지 않았다. 자
리보다 중요한 건 내 옆에 앉을 짝꿍이었다. 옆자리에
누가 앉게 될까, 제발 너무 시끄러운 친구만 아니면 좋
겠다. 그 순간 멀리서 그 아이가 이쪽 방향으로 다가왔
다. 두근두근. 우린 또 같은 분단인가보다. 다행이다.

그것만으로도 위로가 되었다. 그런데 그 친구가 점점 더 가까이 다가온다. '설마 옆자리?' 믿기 어려웠다. '정말? 정말?!' 그 아이가 내 옆자리에 자기 책가방을 내려놓았다. 나를 보고 싱긋 웃었다. '내 짝꿍이라니!' 가슴이 콩닥콩닥 방망이질 쳤다. 그리고는 큰 소리로 "오예~ 이제 짝꿍 다시 안 바꿨으면 좋겠다." 했다. 너무 떨려 제대로 쳐다보지도 못하고 '나도!' 하는 대꾸도 속으로 삼켰다. 심장이 쿵하고 내려앉는 것 같았다. 쿵쾅대는 심장 뛰는 소리가 혹여 밖으로 들리기라도 할까 봐 괜히 헛기침을 하고 책상을 닦고 줄을 맞추며 분주하게 움직였다.

처음 며칠간은 워낙 수줍어 말도 제대로 못 붙였지만 그 친구의 가벼운 장난기와 재미있는 농담 덕분에 제대로 마음을 표현하는 데는 오래 걸리지 않았다. 사고방식이 제법 잘 맞았던 우리는 이런저런 소소한 장난도 치고 어려운 문제가 있으면 같이 풀며 더 가까워졌다.

수업 시간엔 선생님이 종종 퀴즈를 내곤 했는데 손들고 정답을 맞출 때마다 간식을 하나씩 줬다. 본디 숫기가 없고 조용했던 나는 종종 답을 알아도 절대 손을

들지 못했다. 혹시나 틀리면 그 부끄러움을 감당할 자
신이 없었기 때문이다. 하지만 선생님의 간식 바구니
안에 들어 있는 매력적인 사탕과 초콜릿은 먹고 싶었
다. 그저 정답을 맞추는 친구들을 손가락 빨며 바라볼
뿐이었다. 하지만 나와 달리 적극적이고 발표를 잘 했
던 그 친구는 하루 수업이 끝나갈 때면 책상 위에 꽤
많은 사탕과 초콜릿을 쌓아 두곤 했다. 그리곤 집에 갈
때면 달콤한 간식들을 친구들 몰래 내 가방에 다 넣어
주었다. 보기만 해도 달콤해지는 초콜릿과 사탕은 집
에 가서 높은 책장 위에 고이 모셔 두었다. 볼 때마다
기분이 좋아졌다. 아무도 손대지 못하게 엄포를 놓았
다. 특히 동생이 주워 먹지 않도록 손닿지 않는 높은
곳에 올려놓았다. 그건 그냥 초콜릿이 아니라 그 친구
가 날 위해 특별히 모아준 마음과 같은 것이었다. 그
어떤 간식에도 비할 수 없이 의미 있고 소중했다. 집에
가서 그 애에 대한 이야기를 하는 날이 많아졌다. 그렇
게 학교 가는 것을 기다려 보기는 처음인 것 같다. 자
연스럽게 엄마도 그 친구를 무척이나 궁금해했다.

　반에서는 금요일 오후 국어 시간마다 받아쓰기를
하고 짝꿍과 바꿔서 점수를 매기도록 하곤 하였다. 전

날 집에서 엄마랑 완벽하게 공부했는데 너무 자만해서였을까. 쉬운 문제를 틀렸다. 억울하기도 했지만, 선생님보다 짝꿍에게 더 부끄러웠다. 그런데 그때였다. 내 짝꿍이 주변의 눈치를 슬쩍 보더니 조용하고 재빠르게 연필을 들어 '글' 의 리을 받침 옆에 기역을 끼워 넣었다. 자연스럽게 7번 문제였던 '머리를 글적이며 멋쩍게' 는 순식간에 '머리를 긁적이며 멋쩍게' 로 완성되었다. 그렇게 아무도 모르게 내 받아쓰기는 백점이 되었다. 만점을 받아서 기분 좋기도 했지만 그것보다도 마치 우리만의 비밀이 생긴 것이 더 설레고 기분이 좋았다. 이어서 선생님께서는 받아쓰기 문제의 난이도 체크를 위해서 매겨진 시험지를 짝꿍과 바꾸어 들고 짝꿍이 틀린 문제에 손을 들도록 하셨다. 한참 체크를 하고 있을 때였다. 그 친구가 온 교실의 애들이 다 들으라는 듯이 "아, 진짜 내 짝꿍은 틀린 게 없어서 내가 손 들 일이 한 번도 없네. 아, 지겹다. 좀 자도 되겠다."라며 허세를 부렸다. 친구들이 뭐라고 하든 말든 나를 자랑스럽게 치켜 세워주는 그 친구가 너무 좋았다. 부쩍 친해진 둘 사이를 가끔 친구들이 놀리기도 했지만 그때마다 싫지 않은 내색인 그 친구를 보며 내심 흐뭇했다.

그렇게 달콤했던 한 달이 지나고 또다시 짝꿍이 바뀌었다. 그 아이는 이제 저 멀리 다른 분단으로 가 버렸다. 이런 불합리한 제도로 자리를 정하는 것이 마음에 들지 않았다. 내 옆엔 마치 지난 한 달 치의 기쁨을 앗아가듯 시끄럽고 뚱뚱하고 우락부락한 남자아이가 앉았다. 이렇게 한 달을 지내야 한다니 가슴이 답답해져왔다. 그 아이에게 있어서도 나는 강파르고 못생긴 여자아이겠지. 서로 티격태격 팔을 밀고 책상 위에 선을 넘어온 상대의 지우개를 칼로 자르는 제법 격하고도 비위에 거슬리는 장난이 오갔다. 학교에서의 삶의 질이 현격히 떨어지는 것만 같았다. 다른 분단으로 가 버린 그 친구는 여전히 그곳에서도 인기가 많았고 또 쉽게 다른 친구들과 친해졌다. 그나마 일주일에 두 번, 방과 후에 선택 활동으로 하는 과학 실험 교실에서 옆자리에 앉으며 그 아이와의 교류를 이어갈 수 있었다. 그래서 화, 목요일 방과 후 수업이 있는 날만 손꼽아 기다렸다.

그러던 어느 날 그 친구가 몰래 "이따가 집에 갈 때 비밀 이야기를 해줄게." 했다. 우리만의 또 다른 비밀이 생긴다는 사실이 기뻤다. 그런데 보통 비밀도 아니고 자기가 좋아하는 사람이 누군지 이야기해주겠다고 했다. 평소엔 무척 재밌어했던 과학 실험 교실이었지만 그날따라 수업 내용이 귀에 잘 들어오지 않았다. 수업이 끝나기만을 기다렸다. 드디어 종이 치고 학교 버스 있는 곳까지 걸으며 소곤소곤 이야기를 시작했다. 자기도 이야기할 테니 내가 좋아하는 사람도 이야기해달라고 했다. 가슴이 콩닥콩닥 방망이질 쳤다. 좋아하는 사람이라니. 고백을 받으면 뭐라고 답하면 좋을까. 나도 사실 널 좋아한다고 답을 하면 되는 건가. 그 친구가 말을 꺼내기도 전에 얼굴부터 빨개졌다. 들킬까 봐 일부러 고개를 숙여 잘 묶인 신발끈을 다시 오래도록 묶었다. 그 친구가 비밀을 지킬 수 있냐고 물었다. 사뭇 비장하게 "당연하지."라고 샐쭉 웃으며 답했다. 그 순간이 더없이 로맨틱하게 느껴졌다.

긴장감 가득한 순간이 지나고 그 친구가 입을 열었다. 그는 같은 반에 서윤이를 좋아한다고 했다. 일순 눈앞이 깜깜해졌다. '내가 아니었어?' 그다음 말은 잘 들리지도 않았다. 너는 누굴 좋아하냐고 묻는 그 아이에게 6학년 전교 회장 오빠가 좋다고 말해 버렸다. 사실 그 오빠는 엄마 친구 아들인데 이름만 알지 누군지도 잘 모르는 오빠였다. 되는대로 둘러댔지만 얼굴은 점점 굳어갔다. 속이 상했다. 그 친구도 당연히 날 좋아하는 줄 알았는데…. 좋아하지도 않으면서 왜 그렇게 잘해줬는지 지난 한 달여의 시간이 야속하게만 느껴졌다.

그날 이후로 부반장 서윤이와 그 친구 사이의 친밀함을 멀리서 속 쓰리게 지켜볼 수밖에 없었다. 서윤이는 누가 봐도 예뻤다. 밝게 웃는 모습이 그렇게 사랑스러울 수 없었다. 통통 튀는 그 친구는 단발머리가 무척이나 잘 어울렸다. 집에 와서 한참을 생각했다. 그리고 결심을 한 듯 엄마에게 말했다.

"엄마 나 머리 자를래."

엄마가 어리둥절했다. 주야장천 공주 드레스에 긴 생머리 타령을 하던 내가 별안간 머리를 자르겠다니. 아침에 머리 빗겨줄 시간이 절약되고 감기기도 쉬우니 머리를 자르겠다는 그 소리가 엄마는 얼마나 반가웠을까. 머리를 짧게 자르려는 이유가 뭔지 물어봤지만 답을 시원스레 안 하는 나에게 두 번 묻지도 않고 그 길로 미용실로 데려갔다.

"귀까지 오게 짧은 단발머리로 잘라주세요."

그렇게 단발로 머리를 자르고 나면 훨씬 상큼 발랄해 보일 수 있을 것만 같았다. 귓가로 들리는 서걱서걱 가위질 소리에 나도 모르게 목 뒤로 자르르한 소름이 끼쳤다. 이제는 다시 돌이킬 수 없었다. 미용실 아줌마는 단박에 머리를 단발로 자르며 "짧은 머리가 훨씬 예쁘네. 가볍고 시원하겠다." 했다.

다음 날 학교에 갔다. 친구들이 "어! 머리 잘랐네." 했다. 다른 친구들의 반응은 딱히 궁금하지 않았다. 다만 그 친구가 어서 와서 알아봐주길 기다렸다. '나는 단발머리를 좋아한다. 네가 단발이 이렇게 잘 어울리는지 몰랐다. 예쁘다.' 고 해줬으면 좋겠다. 하지만 애타게 그 아이의 시선을 기다린 그날은 종일 아무 일도 일어나지 않았다. 그 친구는 내가 머리를 볶았는지 밀었는지 눈에 들어오지도 않는 모양이었다.

이제 가을이 오려는지 바람이 제법 차졌다. 그렇게 삼단 같던 머리칼은 휑하니 잘려나갔고 마음도 휑하니 비워진 것 같다. 서늘하니 목 뒤가 허전하다.

밤하늘의 별이 되어

학교에 가기 위해서는 매일 아침 학교 버스를 타야 했다. 그날도 어김없이 아이들은 선착순으로 줄을 섰다. 아니, 아이들 대신 줄을 선 것은 아이들이 벗어놓은 가방이었다. 길게 늘어선 줄 맨 앞 쪽에는 K오빠의 가방이 던져져 있었다. 우리 동네의 골목대장이자 놀이의 선두였다. 나보다 두 학년이나 위의 오빠라 사실 직접 마주칠 일은 많지 않았다. 하지만 오빠는 활발했고 적극적이었으며 항상 장난기가 넘쳤다. 늘 소란의 중심엔 오빠가 있었지만 또 짓궂은 다른 오빠들에 비하면 오히려 유쾌함이 넘쳤다.

그날도 버스 안에서 여러 번 시끌벅적한 고학년 오빠들의 목소리가 들렸고 장난이 과해질 때마다 아이들을 조용히 시키는 기사님의 목소리가 이어졌던 것 같다. 우리는 항상 버스에서 내려 안전 지도 선생님의 지도에 따라 한 줄로 대로의 횡단보도를 건너야 교문을 마주할 수 있었다. 많은 아이들이 쏟아져 내려 한꺼번에 왕복 육차선 도로를 건너는 일은 만만한 일이 아니었다. 안전 지도 선생님이 45인승 버스에서 쏟아져 내린 아이들을 정렬시켜 학교까지 인도했다. 엄마는 귀에 딱지가 앉도록 횡단보도를 건널 때는 파란 불일 때, 좌우를 확인하고 한 손을 들고 조심조심 건너야 한다고 했다. 다른 아이들도 똑같은 이야기를 들었을 테지. 그렇게 몇 차례에 걸쳐 아이들은 손을 잡고 대로를 건넜고 학교로 들어갔다.

여느 날과 같은 아침이었다. 아이들과 엄마들은 어김없이 학교 버스를 타기 위해 그곳에 모였다. 늘 줄의 맨 앞을 지켜오던 K오빠의 가방이 보이지 않았다. 이어 어른들을 통해 믿기지 않는 싸늘한 비보가 들려왔다. 좋은 일이 아니라는 이유로 쉬쉬했지만 또 같은 엄마로서 숨길 수 없는 울컥함으로 다들 그 자리에서 눈시울을 붉혔다. 또 더러는 애꿎은 학교 버스를 보며 비분강개했다. 학교에 직접 아이를 데려다 놓아야 마음이 편하겠다면서 제 아이 손을 끌고 다시 집으로 돌아가는 아줌마도 있었다. 그럴 여력이 안 되는 아줌마들은 아이를 붙잡고 항상 차를 조심하라며 신신당부를 했다. 그리고 내쳐 떠나는 스쿨버스의 뒷모습을 찜찜하게 바라보았다.

어제는 주말이었다. 어김없이 주일 어린이 미사를 보러 성당에 가는 길이었다. K오빠는 신나게 가방을 흔들며 횡단보도를 건넜다고 한다. 도로를 다 건너서 인도에 발을 디딜 즈음 손에 쥐고 있던 탱탱볼을 손에서 놓쳤고 그 탱탱볼이 도로 쪽으로 굴러가버렸다고 한다. 오빠는 순식간에 몸을 돌려 잽싸게 도로로 뛰어들었다. 이미 차량 신호등은 녹색으로 바뀌었고, 순간 달려오던 자동차는 속도를 줄이지 못했다. 그렇게 돌이킬 수 없는 사고가 일어났다고 한다. 아련히 뒤에서 앵앵대는 구급차 소리를 들었던 것 같기도 하다. 분명 나도 그 시각 같은 성당에 어린이 미사를 보러 가는 길이었을 텐데 제대로 된 기억조차 없다. 엄마가 이것저것 어제의 상황을 물었지만 본 것도 들은 것도 없는데 왜 주눅이 드는지 모르겠다. 나는 뭘 하고 있었던가. 엄마는 자꾸 주체할 수 없는 눈물을 보였다.

조심하라는 이야기는 수도 없이 많이 듣지만 아직 행동이 먼저 나오는 것은 어쩔 수 없는 것 같다. 본능적으로 잠시도 가만히 있기 어려웠다. 머리로는 공이

찻길로 굴러가도 따라서 뛰어가면 안 된다는 것을 알고 있었다. 하지만 막상 그 상황에 닥치면 공을 쫓느라다가오는 차가 보이지 않을 것 같다. 나였어도 즉시 공을 주우러 몸을 던졌을 것만 같다. 생각만 해도 머리가 쭈뼛해지고 뒷목이 서늘하다. 단순히 오빠의 탓을 하기엔 너무나 많은 생각이 앞섰다. 막을 수 있지 않았을까. 오빠를 지킬 수 있지 않았을까.

몇몇의 어머니들은 교통 혼잡을 우려한 학교의 만류에도 불구하고 기어이 매일 아이들을 교문 앞까지 데려다주기 시작했다. 또 다른 어머니들은 집에서 귀에 딱지가 앉도록 안전 교육을 하기 시작했다. 학교도 마찬가지였다. 전교생을 대상으로 한 도로 안전 교육에 들어갔다. 또 갑작스런 지침 변경으로 45인승 스쿨버스를 운동장까지 들어오게 했다. 그리고 녹색어머니회 참여를 더욱 독려했다. 이 모든 변화에도 변하지 않는 것은 줄 맨 앞을 지키던 K오빠의 가방을 더 이상은 볼 수 없다는 것이다. 버스를 탈 때면 여전히 오빠의 장난기 어린 웃음소리가 귀에 울린다.

어디서 들은 이야기이지만 사람이 죽으면 밤하늘의 별이 된다고 했다. 밤하늘을 멍하니 올려다보았다. 저 아름답게 명멸하는 별들은 모두 누군가가 가슴에 묻은 영혼들일까. 그럼 살아남은 자들은 별빛 아래 숨을 들이마시고 내쉬는 것도 죄스러울 테지. 살아낼 수밖에 없어 하루하루를 견뎌야만 하는 그것이 얼마나 미어지는 형벌일까. 살아가는 이유를 잃어버린 누군가에게 '시간이 약'이라는 말은 찰나의 위로도 될 수 없으리라. 아니, 약이 아니라 독약이겠지.

절절하게 사랑하는 누군가를, 이름만 불러도 목이 메도록 복받쳐 오를 누군가를. 어찌 그저 아름다웠던 순간으로만 추억할 수 있을까.

그래서 별빛은 어두울수록 더 밝게 빛나는구나. 그래서 저 칠흑 같은 밤하늘의 별은 그저 말없이 처연하게 아름답구나. 저 별이 혼자가 아니라 다행이다. 함께 있어 참말로 다행이다.

이름 있는 꾀병

병원에 들어오면 병원 특유의 냄새가 번진다. 겁이 많은 나는 병원 냄새만 맡아도 주사나 검사 같은 것들로 기억이 연결되어 저절로 몸이 긴장되었다. 병원은 아파서 오는 곳이니 좋은 일은 아니지만 아프면 특별한 관심을 받고 평소보다 더 아기같이 굴어도 용서가 되었다. 그래서 가끔은 꾀병을 부리기도 했다. 갑자기 배가 아프다거나 머리가 아파지면 학교에서 일찍 나올 수 있었다. 정말 아파서 열이 나거나 토하거나 코피라도 쏟을 수 있으면 더 확실했지만, 그건 자주 있는 일이 아니었다.

학교에 가기 싫었다. 아침부터 일어나고 싶지 않고 집 밖으로 나가는 것이 너무 힘들었다. 억지로 학교에 들어왔지만 기다렸다는 듯이 배가 아파오기 시작했다. 선생님께 말씀드려서 양호실에 다녀왔다. 하지만 아무래도 나아지지 않는 것 같았다. 배가 점점 더 아팠다. 선생님은 참을 수 없을 것 같은지 물어보았고 눈물을 뚝뚝 흘리며 배가 많이 아프다고 했다. 엄마가 데리러 왔다. 엄마는 왠지 예상했다는 듯, "학교에 있기 싫어서 배가 갑자기 아파진 거야?" 하고 물어보셨다. 어쨌든 내 손을 끌고 늘 가는 동네 내과로 향했다.

계절이 바뀌는 시기라 그런지 병원은 감기 환자들로 가득했다. 접수를 하고 적당한 곳에 앉아 내 차례를 기다린다. 여기저기서 콜록이는 기침 소리와 코 훌쩍이는 소리가 들려왔다. 이곳에선 다른 아픈 사람들을 조심히 관찰하게 된다. 동네 병원이라 주로 가벼운 감기 환자들이 대부분인 것 같았다. 그 중에 정말 아파보이는 어른이나 심각해 보이는 어린이들에게는 나도 모르게 감정이입이 되곤 했다. 오늘도 내 앞의 진료를 기다리는 한 아이를 슬쩍슬쩍 본다. 발작적으로 기침을 해댄 후엔 눈에 눈물이 맺혔다. 하나도 춥지 않은 이 기온에 혼자만 겨울 나라에 있는 듯 몸을 덜덜 떨고 있다. 간호사 언니가 그 아이의 겨드랑이에서 빼낸 수은 체온계의 눈금을 확인하더니 "열이 높네요." 한다. 얼마나 힘들까. 분명 나도 배가 엄청 아파서 병원에 왔는데 상대적으로 내 아픔은 가벼워지는 기분이었다.

이윽고 이름이 불리고 진료실로 들어간다. 아늑한 진료실에는 늘 따뜻하게 맞아주는 아저씨 의사 선생님이 계셨다. 자주 가는 집 앞의 병원이라 모든 것이 익숙했다. 선생님은 평일 낮에 나타난 나를 보더니 "아이고 아가씨, 어디가 아파서 오셨습니까?" 하고 물었다. 아침에 설사가 났는지 아니면 식사를 급하게 하진 않았는지 이것저것 물어보더니 '신경성 배앓이'라는 병명을 붙여주셨다. 다행이다. 나의 아픔이 이름을 얻었으니 꾀병이 아니라 정당성을 찾은 것 같았다. 싫어하는 주사도 없었다. 그래도 약을 조금 처방해주신다고 했다. 약 봉투를 들고 나오는 발걸음이 가볍다. 사실 이제 배는 아픈 것 같지 않다. 엄마가 괜찮아졌으면 약 먹고 다시 학교에 들어가는 것이 어떤지 물어보신다. 갑자기 배에 손을 올린다. 고개를 저어 본다.

　물론 아픔은 상대적인 것이 아니다. 내가 아프면 그것은 세상 어떤 고통보다 크게 느껴진다. 어쩔 수 없다. 병원에 지금 정말 위독하게 아픈 아이들이 있다고 할지라도 그래서 내가 안 아파지는 것은 아니었다. 그들은 그들의 고통이 무겁겠지만, 나 역시 나의 고통이 무겁다.

고통을 비교하는 것은 무의미했다. 비교하고 그들을 불쌍히 여긴다고 내 고통이 가벼워지는 것은 아니었다.

학교로 다시 가고 싶지 않았다. 지금 내 배가 덜 아파졌다고 해서 학교에 가는 것이 즐거워질 수는 없었다. 오늘은 일단 오늘을 즐겨야겠다. 자꾸 웃으면 엄마가 꾀병이라고 할 테지만 학교에서 일찍 나왔다고 생각하니 입꼬리가 저절로 올라갔다.

꾀병을 부리고 싶었던 순간
기억나나요?

사우디아라비아로 간 옥반지

검지에 옥반지 두 개를 끼고 있었다. 지난 가족 여행때 경주에서 관광 기념품으로 사온 가는 옥반지였다. 왜 두 개를 세트로 파는지는 모르겠지만 똑같이 생긴 반지를 두 개씩 붉은 실로 묶어 놓아서 함께 사올 수밖에 없었다. 손가락에 맞춰 가장 작은 사이즈로 골랐지만 내 손가락엔 좀 커서 헐겁게 손에서 놀았다. 혹여나 잃어버릴까 애지중지, 떨어져 깨지기라도 할까 조심조심했다.

흔히 보는 금반지나 은반지와 달리 옥반지는 색이 특이했다. 그리고 금속과 달리 옥은 강한 자극에 깨질 수도 있었는데 그 때문에 더 가녀리고 고귀해 보였다. 옥빛은 연한 초록색과 밝은 파란색의 중간쯤에 흰색을 섞어놓은 듯했다. 자연에 비유하자면 맑고 깊은 석회질 호수물이 하늘빛에 반짝이는 색 같았다. 그 신비스런 빛이 반투명하게 반짝이는 옥반지가 무척이나 마음에 들었다. 고운 옥빛이 슬픈 옛이야기를 품고 있을 것만 같아서 더 아름답게 느껴졌다. 운명의 상대를 만나면 하나를 빼서 주어야겠다고 생각하며, 옥반지 두 개를 한 손가락에 끼고 있었다. 그러면 영화에서처럼 기적 같은 사랑이 이루어질 것만 같았다. 반지가 커서 손가락에서 빙빙 돌아갔다. 헛도는 반지를 수업 중에 나도 모르게 자꾸 손가락에서 뺐다 꼈다 만지작거리는 것이 습관이 되어가고 있었다.

여느 날과 다름없이 수업 중에 손가락에서 반지 한 개를 빼서 만지작거리고 있다가 그만 똑 떨어트리고 말았다. 아뿔싸. 선생님께 딴짓한다고 혼날까 봐 티 나지 않게 책상 아래를 살금살금 살펴보았다. 또르륵 바닥을 구르는 소리를 들은 것 같기는 한데 당최 어디로 갔는지 보이지 않았다. 쉬는 시간에 같은 분단 친구들에게도 물어보았지만 아무도 못 보았다고 했다. 쉬는 시간이 몇 번 지나고 그 날 집에 갈 때까지 결국 찾을 수 없었다. 누군가의 발에 밟혀 깨진 채로 바닥을 뒹굴다 청소 시간 비질에 쓸려가 버렸을 것이라 생각하니 속이 쓰렸다. 내겐 너무 소중한 반지였는데 몹시 안타까웠다.

찾을 수 없는 반지 하나는 버려졌을 테니 마음을 비워야만 했지만 아쉬움이 쉽게 가시지 않았다. 그렇게 며칠이 지난 어느 날, 내 자리에서 멀리 떨어진 다른 분단의 친구 필통에서 사라졌던 옥반지를 보았다. 사실 그 옥반지는 어느 관광지에서나 파는 흔한 반지였기에 내 것이라 단정할 수는 없었지만 내 손에 남아 있는 반지와 너무 똑같이 생긴 그 반지가 친구의 필통에 있으니 물어보지 않을 수가 없었다. 더군다나 그 친구는 남자아이였다. 절대 자기가 끼려고 어디서 반지를 사왔을 것 같지는 않았다. "야, 이 반지 니 거가?" 하니 그 친구가 "어."라고 답했다. 설명 하나 없는 한 마디 단답에 말문이 막혔지만 그래도 아쉬움에 중얼거렸다. "아니, 내가 반지 하나를 잃어버렸는데 내 거랑 너무 똑같이 생겨서." 했더니 그 친구가 "내 필통 안에 며칠 전부터 들어 있었다."라고 답했다. '내 반지 맞는 거 같은데⋯.' 라는 말은 속으로 할 수밖에 없었다. 무작정 돌려 달라고 하기엔 몹시 애매했다.

집에 와서 생각하니, 그 친구가 일부러 가져간 것도 아니고 바닥에서 주운 것도 아니고 어느 날 갑자기 자기 필통에 들어 있었다니 이것이야말로 운명이 아닌가 하는 생각이 들었다. 엉뚱하게도 그렇게 생각하니 그 친구가 갑자기 참 괜찮아 보였다. 이런 것을 계기로 친구를 사귀는 것은 우습지만 나는 그 친구랑 일부러 더 친해지기 위해 다가갔다. 친해지려고 가까이 지내다 보니 공통점을 많이 찾을 수 있었다. 동네도 같고 노는 방식도 비슷했다. 방과 후에도 가끔 놀이터에서 만나 그 친구와 동네 다른 친구, 그리고 내 동생까지 함께 어울려 술래잡기도 하고 트램펄린을 뛰기도 하며 급속도로 친해졌다. 일부러 학원도 같이 보내달라고 졸라 미술 학원도 같이 다녔다. 우리는 한 학기 만에 갑자기 뜬금없이 절친한 사이가 되어 버렸다.

친해지며 알게 된 사실인데 그 친구는 아빠와 함께 살고 있지 않았다. 형제도 없었다. 친구의 아빠는 돈을 벌기 위해 사우디아라비아에 가 계시다고 했다. 일 년에 한 번 정도 잠깐 들어왔다가 다시 나간다고 했고, 그래서 그 친구도 아빠에 대한 기억이 별로 없는 것 같았다. 사우디아라비아라니. 이름 한번 어렵고 길다. 책에서 읽은 아라비안나이트 이야기와 연관이 있는 나라인 걸까. 그 나라와 관련해서 머릿속에 떠오르는 것은 아무것도 없었다. 지구 어딘가에 존재하는 매우 낯선 나라일 뿐이었다. 서재 한 구석에 있는 세계 국기 카드에서 사우디아라비아 국기를 찾아보았다. 초록 바탕에 구불구불한 그림인지 글씨인지 모를 것이 흰색으로 그려져 있고 아래에는 기다란 검이 있었다. 국기마저 몹시 독특하고 생경했다.

한 학기 만에 그 친구와 몹시 친해졌지만 곧 다가온 긴 방학으로 겨우내 만날 수 없었다. 방학동안 못 본 그 친구를 다시 만나 놀 생각에 들떠서 개학을 기다렸다. 하지만 다음 학년으로 넘어가는 2월, 개학은 했지만 그 친구는 학교로 돌아오지 않았다. 전해 듣기론 엄마와 함께 아빠가 계신 곳으로 갔다고 했다. 그렇게 가깝게 지냈었는데 어떻게 인사 한 마디 없이 그냥 떠나버릴 수 있는지 너무 섭섭했다. 그 친구와 가장 친했던 다른 친구에게 물어봤더니 떠나기 전에 급히 전화 한 통만 받았다고 했다. 갑자기 가게 되어서 인사도 제대로 못하고 가게 된 것 같다고 했다. 연락할 수 있는 전화번호도 주소도 없었다. 그리고 그 친구가 그동안 나를 많이 좋아했었다고 덧붙였다. 마지막 작별 인사 대신 다른 친구를 통해 듣는 고백이라니. 어쩜 이렇게 야속할 수가 있을까. 내 운명이라 여겼던 옥반지 한 짝은 사우디아라비아에 들고 갔을까. 잃었던 반지가 친구를 내게 보내준 것이라 생각했는데, 다시 어딘지 모를 지구 반대편으로 영원히 보내 버린 것만 같았다. 서운하고 그리워서 가슴이 먹먹했다. 그 친구가 생각날 때마다 홀로 남겨져 검지를 헛도는 반지를 하릴없이 휘휘 돌려 본다.

PART 4

눈부셨던
네버랜드에서의 비행

───── 웬디, 꿈속에서 손을 맞잡고 함께 날았지

어른이 된다는 것은 어쩌면
진짜 재밌게 사는 방법을 잊어버리는 일인지도 몰라.
남이 좋아하는 일을 하며 그것이
내가 좋아하는 것이라 착각을 하는 거야.
그럼 어른들이 어른스럽다고 이야기 하지.

폭우 속의 등산

올해 장마는 여느 해보다도 유독 더 늘어지게 긴 것만
같다. 툭 건드리면 푹하고 물을 쏟아낼 듯 온통 습기를
머금고 있는 공기 덕에 며칠째 밀린 빨래는 눅눅하게
쌓여 가고 있다. 쨍한 볕을 못 본 지 족히 이레는 더 지
난 것 같은데 하늘은 말 그대로 구멍이 난 것처럼 비를
쏟아 댔다. 여느 여름 방학 주말이었으면 계곡으로, 바
다로, 하다못해 동네 개울에라도 나가 놀자며 아빠를
졸라 댔을 텐데, 뾰족이 나가 놀 방도는 없고 밀린 일
기장과 진도가 나가지 않는 애꿎은 탐구생활만 이 방
바닥에서 저 방바닥으로 끌고 다니며 너덜너덜하게
만들고 있었다.

부엌에서 가족의 주말 점심을 장만하는 엄마의 분
주한 손놀림을 가만히 서서 들여다본다. 김치는 속을
털어내어 송송 썰고, 그 김치 위로 갖은양념을 더한다.
볶은 깨까지 솔솔 뿌리면 보기만 해도 침이 고인다. 냉

장고에서 꺼낸 시원한 오이는 소금에 박박 씻겨 어슷하게 편 썰어지고, 먹기 좋은 크기로 가늘게 채 썰린다. 그동안 작은 냄비 안에서 서로 달달 몸을 부대끼며 삶아진 달걀은 찬물에 샤워를 하곤 껍질을 벗어낼 준비를 한다. 껍질을 탁하고 두드려 벗겨내면 반질반질 잘 삶아진 달걀이 하얀 속살을 드러낸다. 그것을 다시 반으로 조심스레 자르면 드러나는, 보물같이 숨어 있는 살짝 덜 익은 개나리 빛 노른자. 이제 배에서 꼬르륵 소리를 숨길 수가 없다. 사기그릇 안에서 돌돌 말린 채 국물이 끼얹혀지길 마른 숨으로 기다리던 소면 위로 살얼음이 동동 뜬 육수를 시원하게 들이붓는다. 이제 양념된 김치와 채 썰어진 오이, 탱글탱글하게 삶아진 달걀 반쪽까지 올라가면 드디어 완성. 시장했던 가족들이 상 앞으로 달려와 앉는다.

밥상에 앉기 무섭게 국물까지 깨끗이 비워내고는 배를 두드리며 멍하니 창밖을 내다보는데 아빠가 불쑥 "우리 산에 가자." 하신다. 비가 이렇게 쏟아지는데 등산이라니, 이게 무슨 마른하늘에 날벼락 같은 소린가 싶으면서도 지루함에 몸이 비비 꼬이던 찰나에 밖으로 나가자는 제안은 반갑기만 하다. 이런 폭우 속에서 한 시간 이상 걸을 요량이면 우비도 우산도 거의 무용지물일 것이다. 실내 습기 속에 흐느적거리던 가족들이 아빠의 엉뚱하고도 신선한 제안에 맞갖은 준비를 하느라 일사불란하게 움직인다. 이 비를 피할 작정이라면 전장에 나가는 장군처럼 온몸을 감싸듯 우비를 입고 장화를 신고 우산을 들어야겠지만, 빗속에 몸을 던질 생각을 하니 우리의 준비는 전혀 달라진다. 사회적으로 용납되는 기준에 간신히 맞는, 안 입어서는 안 될 만큼의 천만 몸에 걸칠 작정이다. 옷이 빗물에 젖어 무거워질 생각을 하니 화려한 장신구가 달린 셔츠나 좋은 재질의 옷은 온통 부질없게 느껴진다. 전에 없던 전혀 새로운 기준으로 옷을 골라 입는다. 가벼운 홑겹의 면 셔츠에 고무줄 반바지, 옷 안에는 과감하게 속옷도 안 입는다. 최대한 깃털같이 가볍게 옷을 걸치고 두 팔도 자유롭게 밖으로 나오니 몸도 마음도 완전 무장 해제 상태가 된다.

집을 나서자마자 폭우 속에 온몸이 옴팡 시원하게 젖어 든다. 정수리부터 마른 머리통을 타고 흘러내리는 빗물의 묘한 느낌 탓에 춥지도 않은데 온몸이 부르르 떨린다. 평소에 비가 오면 신발이 젖을까 조심스레 피해 다녔던 아스팔트 물웅덩이를 일부러 찾아 걸어 들어가 첨벙거려 본다. 마치 이 순간만 기다렸다는 듯이 발을 더 높이 들었다 빠르게 찍어 내리며 사방에 물을 튀긴다. 첨벙첨벙. 이 순간만큼은 웅덩이가 길을 막는 거추장스러운 존재가 아닌, 나를 기다려준 멋진 물놀이터가 된다. 빗속에서 나만을 위한 한 편의 뮤지컬을 찍는 듯 온 세상에 내 존재를 움직임으로 드러내며 춤을 추듯 걷는다. 원래 하지 말라고 하면 더 하고 싶어지는 법이다. 빗속에 옷이 젖으면 안 되고, 가방이 젖으면 안 되고, 우산 밖으로 몸이 빠져나오면 안 되고, 신발 안으로 빗물이 새어들어 양말을 적시면 안 되었기에 이제껏 비만 오면 온통 움츠러들었던 몸을 한껏 펼쳐 본다.

그렇게 동네 어귀를 돌아 신나게 걷다 보면 어느덧 산 입구에 다다른다. 아스팔트 바닥에 떨어지는 빗소리와 커다란 나뭇잎 위로 떨어지는 빗소리가 달라서일까, 산속에서는 도시와 또 다른 비가 내리고 있다. 아무도 없는 산길을 적막하게 오르니 자주 다니던 동네 등산길인데도 이전에 와 본 적 없는 듯 전혀 새로운 공간 속에 들어온 것 같은 기분이 든다. 빗속에 잘 들리지 않는 목소리 대신 주고받는 눈빛으로 서로의 안부를 교환하며 가족들과의 기묘한 전우애를 느낀다. 특히 동생과 나는 막중한 임무를 안고 흐르는 강물을 거슬러 회귀하는 연어들과 같았다. 굳이 사람 다니는 산길이 아닌 빗물이 모여 흐르는 갓길의 콸콸 쏟아지는 물줄기를 대차게 걷어차며 걷는다.

산이 깊어질수록 숲이 우거지고 키가 큰 나무들이 많아져 몸을 적시는 비의 양은 오히려 줄어든다. 나뭇잎 위로 떨어지는 빗소리를 즐기며 뼛속까지 젖어 들 것 같은 시원함에 몸을 맡긴다. 자유롭게 더 가볍게, 이 순간의 자연 속에 나를 맡긴다. 숨을 깊이 들이켜 허파꽈리 구석구석으로 숲속의 청명한 산소를 보낸다. 지겹고 무거웠던 장맛비가 별안간 상쾌함으로 내게 말을 거는 것 같았다. 평소엔 하지 못했던 것을 맘껏 해 보는 일탈의 통쾌함이랄까, 이 기분을 잊고 싶지 않아서 마치 비를 껴안듯 허공에 양팔을 휘휘 젓기도 하고, 고개를 한껏 들어 비를 정면으로 맞아도 본다. 눈으로 비가 바로 흘러 눈을 크게 뜨기도 어렵지만, 평소엔 감히 쳐다볼 수 없는 것을 마주하듯이 그렇게 두런두런 빗속에서 나와의 대화를 나눠 본다. 내 안에 쌓아 났던 묵은 때가 시원한 빗줄기에 씻겨 내려간다.

세상 만물이 맞이하는 정화의 시간에 동참하여 제대로 목욕재계를 마친 듯, 한껏 가벼워진 마음을 안고 세상으로 다시 내려갈 준비를 한다. 아빠는 이 비밀을 예전부터 알고 계셨나 보다. 그래서 우리를 빗속에 씻기고 싶으셨나 보다. 엄마는 집에 가면 싸우지 말고 누구부터 씻을지 지금 가위바위보를 해서 미리 정하라는데 잘 들리지 않는다. 미끄러진다며 내려가는 길엔 뛰지 말라는 잔소리를 뒤로하고 다시 팔짝팔짝 뛰어 갓길의 물웅덩이에 발을 담근다.

아! 개운하다!

햄릿과 돈키호테

가족 여행을 가기로 했다. 텔레비전을 보다가 결정된 여행이었다. 신이 났다. 가족 여행은 언제나 신이 났지만, 내일 어린이날을 맞아 떠나기로 한 것이기에 더 선물 같은 여행이었다. 이제 내년이면 중학교에 들어가는 나는 이번이 마지막 어린이날의 수혜자였다. 이제 '어린이'를 졸업하고 '청소년'에 진입하는 것을 축하한다는 의미에서 이번 여행은 완전히 다른 방식으로 가 보자고 하셨다. 국내 가족 여행은 아빠 차로 이동하는 것이 당연했었는데, 이번 여행은 특별히 배낭여행이 모티브가 될 것이라 하셨다. 각자의 배낭 안에 옷가지를 챙기고 각자 먹을 물과 간식을 넣어서 그것만 먹는 것이라고 했다. 그리고 대중교통을 이용해서 이동을 한다고 했다. 아빠는 종종 이런 식의 충동적인 제안을 하곤 했다. 이런 멋진 생각을 해내다니! 급하게 벌어지는 일은 늘 더 가슴 뛰고 설렌다. 완벽히 계획되고 틀에 맞춰 꼭 짜인 시간표를 보고 있으면 가슴이 답답해졌기 때문이다. 전혀 새로운 방식의 여행이라니, 게다가 아빠 차를 타고 엄마가 챙겨준 옷과 간식을 입고 먹는 여행이 아니라 각자 자기 가방을 챙기는 여행이라니 가벼운 긴장감이 설렘을 더했다. 새로운 것에 도전하는 것은 언제나 신나고 즐겁다. 이것은 아빠가 나에게 물려준 유전자였다. 그래서 우리 부녀는 이것저것 깜냥 넘치도록 일을 벌이기 일쑤였다. 하지만 현실성이 떨어지는 아빠와 나는 안타깝게도 일을 벌이는 데에는 선수였으나 수습하는 것에 능하지 못했다.

한편 급하게 정해진 가족 여행에 당혹감을 느끼는 것은 엄마와 동생이었다. 엄마와 동생은 냉소적이고 강퍅한 구석이 있었다. 성미가 급해 반드시 해야만 하는 일이 생기면 미리미리 해 두어야 마음이 편한 사람들에게 하루 전에 갑자기 정해진 여행이란, 즐거움이 아니라 그저 기대치 않은 난제였다. 그들은 책임감이 강했다. 의무에는 철저했으며 무언가 새로운 것을 선택하기 전엔 반드시 그것이 안정적인 일인지 아닌지 곰파 살펴보았다. 익숙하지 않고 불안해 보이는 새로운 일에 대해선 시들한 표정으로 이리저리 피해 갈 구실을 찾았다. 이번에도 마찬가지였다. 아빠의 급작스러운 제안에 반색을 표하며 좋아하는 것은 나 하나뿐이었다. 엄마는 어린이날이라 사람이 많지 않을지, 예약한 차편도 숙소도 없이 어떻게 이동하고 어디서 묵을지 매우 현실적인 질문을 들어 아빠를 공격했다. 동생 역시 아빠의 제안이 몹시 마뜩잖은 듯이 노려보았다. 내 눈에 참신한 아빠의 아이디어가 그렇게 사장될 위기에 놓였기에 적극적으로 편을 들 수밖에 없었다. 나의 마지막 어린이날에 그만큼 멋진 선물이 없을 것 같으니 협조를 해달라고 요청했다. 아빠가 만들어내고 내가 응원하는, 때론 앞뒤가 맞지 않는 갑작스러운 결론에 엄마와 동생은 그저 아연할 수밖에 없었다.

엄마를 빼닮은 아들과 아빠를 빼닮은 딸. 같은 성격에 다른 성별, 같은 성별에 다른 성격을 가진 네 사람이 함께 산다는 것은 이렇게 의도치 않은 역동적인 상황을 종종 만들어내곤 하였다. 우리는 각자의 배낭을 챙기기 시작하였다. 당장 내일 새벽 출발이라니 몽그작거릴 시간의 여유는 없었다. 하지만 아빠와 나는 늘 계획은 거창하게 세워 일을 저지르는 것에 비해, 막상 실행은 야무지지 못했다. 해야만 하는 일은 최대한 미뤘다가 막판에 날치기로 해대기 일쑤였다. 우리는 배낭에 뭘 챙겨야 하는지 딱히 관심이 없었다. 계속 어마어마한 계획만 나열하며 아빠가 신이 나서 북을 치면 내가 한 술 더 떠 장구를 친다.

그 와중에 심각하게 여행을 정말 가는 것이 맞는지 아닌지를 고민하느라 가방을 챙기지 못하는 동생과 엄마가 있었다. 당황스럽게 닥친 일은 그들의 행동을 정지시키고 머릿속으로 가능한 모든 경우의 수를 탐색하게 만들었다. 엄마의 머릿속은 안 봐도 드라마였다. 당장 통영으로 떠나야 한다니, 과연 대중교통으로 이동하는 것이 가능할 것인가. 버스 편이 가장 최선인가. 시외버스는 어디에서 타야 할까. 당장 내일 저녁 숙소는 어떻게 알아봐야 할 것인가. 익숙한 지역이 아닌데 어디서 도움을 받을 수 있을까. 지인 중에 통영이 고향인 사람이 있었던 것 같기도 한데 지금 전화를 해봐도 될까. 집 어딘가에 전국구 지도가 있었던 것 같기도 한데…. 아, 그것은 고속도로 지도구나. 운전을 할 것이 아니라면 도움이 되지 않겠네. 그렇다면 통영 지도는 통영에서 바로 구매할 수 있을 것인가. 엄마가 중얼중얼 바쁘게 되뇌었다.

머릿속이 바쁘고 복잡한데 한쪽에서 마냥 신난 부녀의 만담을 듣는 것에 부아가 치밀고 있을 터였다. 옆에서 동생은 셋이 다녀오라고, 자기는 가지 않겠다고 선언하고는 불안해하며 자기 배낭에다가 과자와 물병, 그리고 고이 모아 둔 '스트리트 파이터' 카드를 주섬주섬 넣고 있었다. 짜증을 내 봤자 어차피 따라가야 할 것 같기는 하고, 내키지 않는 급작스러운 여행이 여간 불안한 눈치가 아니었다.

부모님은 우리가 당신들의 성격과 기질을 유전적으로 많이 닮았더라도, 그중에서 단점만큼은 물려받지 않았으면 하셨다. 예를 들어 엄마는 꼼꼼하고 철저했지만, 그래서 자신을 꼭 닮은 아들이 새로운 일에 도전하기를 꺼리면 '저놈은 배포가 작다'며 못마땅해 했다. 아빠는 몽상가적 기질이 있고 인생을 재밌게 만드는 창의력을 가지고 있었지만, 그래서 똑 닮은 내가 꼭 약속을 미루고 미뤘다가 닥쳐서 경거망동하는 꼴을 보기 힘들어하셨다. 일은 다 쳐내기도 힘들게 잔뜩 벌여놓고 과부하가 걸리도록 달려대는 나를 보고 잔소리를 끊지 못하는 것은, 그래서 엄마보다는 아빠 쪽이었다. 꼭 닮은 자기의 단점을 그대로 따라 하고 있는 자식을 보고 있기 힘든 모양이었다. 엄마와 동생은 언쟁이 시작되면 불꽃같이 튀어 올랐고, 각자의 불뚝성에 소리를 꽥 지르고 문을 쾅 닫고 방으로 들어간다. 그러나 그보다 놀라운 것은 십여 분 후면 무슨 일이 있었냐는 듯 다시 나와 뭘 먹을지 대화를 하는 것이었다. 다시는 안 볼 것 같은 큰 소리가 오간 후에도 뒤끝은 없었다.

그에 반해 아빠와 나는 겉으로 보기에는 부드럽고 수더분하게 사람 좋아 보이지만, 터졌다 하면 쉬이 걷잡기 힘든 고집과 집요함이 있었다. 대화를 낮은 톤으로 민주적이고 평화롭게 진행하지만, 질 수 없는 토론은 한번 시작되었다 하면 서너 시간은 쉽게 넘겼다. 주제 또한 현실적인 것보다는 매우 관념적인 주제들이 많았다. 진정한 민주화란 무엇인지, 경제 성장과 복지의 선은 어떻게 균형을 이룰 수 있는지, 노동력의 착취나 페미니즘의 정의 등에 대해 물도 한 모금 못 마시고 열띤 토론을 하다 보면 정말 답도 없이 지쳐 갔다. 저녁 자리에서 시작된 토론은 그렇게 새벽까지 이어졌다. 과연 무엇을 위한 토론인가 싶으면서도 상대를 설득하기 전까진 둘 다 포기를 몰랐다. 결국엔 서로가 하수라 생각하고 각자의 승리를 자축하며 자러 들어갔고, 그 뒤끝은 조만히 오래갔다.

결혼 전엔 고등학교 국어 선생님으로 교편을 잡으셨다는 엄마는 자타가 공인하는 문학도였고, 삶을 마주하는 우리 가족의 태도를 빌어 매우 적절한 문학 작품 속의 주인공을 찾았다. 바로 햄릿과 돈키호테가 그것이었다. '살 것이냐 아니면 죽을 것이냐, 그것이 문제로다'를 되뇌며 끊임없이 삶을 고뇌하는 햄릿. 그는 행동력이 결여된, 섬세한 도덕적 감수성을 지닌 왕자이다. '여행을 갈 것이냐 아니면 반대할 것이냐, 그것이 문제로다'를 되뇌며 준비 없이 여행을 떠났을 때 일어날 수 있는 모든 경우의 수를 재어 보느라 당장 떠날 수 없는 이 모자는 햄릿과 너무나 닮아 있었다.

한편 그와 극명하게 대비되는 소설 속의 주인공이 있었으니, 바로 '이룰 수 없는 꿈을 꾸고, 이룰 수 없는 사랑을 하고, 이길 수 없는 적과 싸움을 하고, 견딜 수 없는 고통을 견디며, 잡을 수 없는 저 하늘의 별을 잡자'를 외치는 돈키호테이다. 우리 집은 가훈마저 '멀리 보고 크게 생각하라'다. 물론 아빠가 정했다. 자꾸 더 높은 곳에 뜻을 두고, 먼 것을 바라보다 보니 종종 눈앞의 현실이 하찮게 느껴지곤 했다. 의미 있는 일을 위해서라면 두 발 벗고 나서야 직성이 풀리는 아빠와 나는 누구도 막을 수 없는 돈키호테였다.

　가족의 이런 모습은 서로에게 무척이나 익숙한 것이면서도, 그 다름은 매우 근본적인 기질의 차이라 일상에서 자주 겪는다고 쉬이 적응되는 것이 아니었다. 아니, 아주 가까운 사람의 다름일수록 어쩌면 그것이 더 부각되어 느껴지는 것일지도 모르겠다. 엄마는 아빠의 대책 없는 열정을 책망했고, 아빠는 엄마의 철저한 현실주의적 시각에 낭만이 없음을 늘 안타까워하며 혀를 내둘렀다. 나는 동생이 어떤 약속이든 항상 약속한 시간보다 몇십 분씩 일찍 도착하도록 여유 있게 준비하는 것을 과한 시간 낭비라 생각했고, 동생은 내가 피곤하다면서도 주말이면 집에 붙어 있지 못하고 불필요해 보이는 약속을 만들어 나가는 것을 결코 이해할 수 없어 했다. 어차피 서로를 완벽히 이해하는 것은 불가능했다. 그냥 각자 생긴 대로 살면서 다름을 인정하니 그냥 그대로 조화롭게 살아졌다. 그래서 우린 아빠 덕분에 가족 여행을 자주 다녔고, 계획적인 엄마 덕분에 모든 것이 잘 준비된 채로 다녔다.

무료해질 법한 일상에 아빠가 신선한 아이디어를 불어넣는 작업을 하면 그것이 실현되도록 뒤에서 공고히 받침을 해주는 것은 엄마였다. 결국엔 엄마가 오늘 밤에 내 배낭도 한번 살펴봐주시겠지.

"사랑하는 사람들과 어디론가
훌쩍 떠나고 싶어지는 날이야."

말꼬리 잡기

아빠는 취미로 승마를 했다. 어릴 적, 아빠의 아버지가 이북에서 피난 오시기 전 젊은 시절엔 말을 타고 아빠의 할아버지의 넓은 과수원 주변을 휘달리셨다는 이야기를 들으며 자랐다 한다. 그 이야기를 들으며 아빠는 늘 말을 타는 아버지 모습을 상상했고 언젠가 꼭 말을 타 보겠다 결심했다고 한다. 그렇게 어른이 되어 평범한 월급쟁이 생활을 하던 아빠 눈에 문득 '승마장'이라는 표지판이 들어왔고, 별안간 잊고 지냈던 오랜 꿈이 생각났다고 했다. 그 길로 승마장에 찾아가 승마를 배우고 싶다고 한 것으로 아빠의 취미 생활이 시작되었다. 주변에 꽤 돈 많은 아저씨들만 한다는 운동을 아빠는 그저 패기로, 젊음으로, 깡으로 시작했다.

물려받은 재산도, 변변한 자가용도 없던 아빠는 월급을 모아 산 중고 스쿠터를 타고 승마장을 오갔다. 그곳에선 당시 지역에서 이름만 들으면 알 만한 유지의 아들들을 다 만날 수 있었다. 그렇게 내로라하는 아저씨들은 검은 승용차를 타고 나타나 멋들어진 운동복을 갖춰 입고 사교에 열을 올렸다. 모여서는 양주를 마시고 홀라(카드 게임 중 하나)를 쳤다. 그분들이 한참 잘생긴 말들을 좋은 가격에 사고 파는 것에 흥미를 가질때 아빠는 꿈에 그리던 말을 탈 수 있다는 것에서 희열을 느꼈다고 한다. 할아버지가 물려준 건 대단한 공장이나 높은 빌딩 같은 것이 아니라 새벽이슬을 가르고 두루마기 자락을 날리며 드넓은 초원을 달리던 추억, 그뿐이었다. 아, 그리고 단단한 잔근육도.

아빠는 타고난 운동 체질이었다. 덕분에 취미로 시작한 운동임에도 금방 장애물 경기 전국 체전에 선수로 참가하실 만큼 실력이 뛰어났다. 아빠의 취미 생활은 결혼을 하고도 이어졌다. 그 덕에 우리 가족은 주말이면 종종 아빠가 선수로 나가는 대회에 응원을 가거나 대회를 앞두고 연습 경기하는 것을 구경 갔다. 관중석에 앉아 차례가 되어 아빠가 나오길 기다렸고 조용히 눈을 반짝이며 마음을 모아 응원했다. 아빠가 말을 타고 지나가며 우리가 있는 방향으로 손이라도 흔들어주면 우리는 신나서 자리에서 방방 뛰었다.

돈 많은 아저씨들은 각자 자신의 말을 갖고 있었다. 그래서 말에게 이름도 지어주고 경기 때 늘 같이 호흡을 맞추고 연습해 온 자신의 말과 함께 경기에 출전할 수 있었다. 하지만 아빠는 아빠의 말이 없었다. 그 탓에 경기 전에 주최 측에서 제공하는 말을 무작위로 얻어서 경기에 출전한다고 했다. 경기 한 시간 전에 올라탄 말과 호흡이 잘 맞으면 연습했던 대로 기량을 펼칠 수 있었지만, 그렇지 않은 대부분의 경우는 제법 위험한 순간이 많았다. 더 어렸을 때는 전혀 몰랐던 사실이었지만, 그런 사정을 알고 난 뒤론 아빠가 그 안에서 당당하게 트로피를 거머쥐고 오는 것이 더 대단하게 느껴졌다. 그래서일까, 아빠는 말을 다루는 법을 정말 잘 알고 있었다.

경기를 할 때는 반드시 갖춰 입어야 하는 승마복이 있다. 셔츠에 타이, 재킷까지 격식을 차린 만찬에 초대받은 신사복처럼 멋진 정장이었다. 눈은 정면을 주시하며 턱을 몸쪽으로 당기고, 가슴은 젖히고 배를 살짝 내밀어 균형을 잡는다. 그리고 늘어뜨린 양쪽 종아리로 말의 몸을 가볍게 감싸 안되, 자극하지는 말아야 했다. 아빠는 잘빠진 말의 목덜미를 두드리기도, 구두 뒤축으로 가벼운 박차를 가하기도, 또 손에 쥔 고삐를 타이트하게 당기거나 느슨하게 풀어주기도 하며 말과 말 없는 대화를 했다. 타그닥, 타그닥 하는 경쾌한 말의 발놀림에 맞춰 아빠의 몸이 함께 리드미컬한 리듬을 탔다.

장애물 경기를 할 때는 빠르게 달리거나 높은 장애물을 뛰어넘는 아찔한 장면이 손에 땀을 쥐게 했다. 말과 함께 장애물을 넘어가면서도 몸의 중심은 흐트러지지 않았다. 2단, 3단으로 걸쳐진 장애물을 망설임 없이 매끈하게 뛰어넘으며 완급 조절을 해냈다. 그렇게 장애물을 훌쩍 뛰어넘는 모습을 보고 있으면 괜스레 우리 어깨까지 힘이 들어갔다.

또 다른 마장마술 경기를 할 때면 아빠의 손에서 늘씬한 말은 신호에 맞춰 걷다가 달렸고, 달리다 걸었다. 보고 있으면 자연스러운 안정감이 느껴졌고 그 모습은 마치 잘 짜인 뮤지컬 무대 같았다. 아빠가 말을 리드하는 것인지 말이 아빠를 리드하는 것인지 알기 어려울 정도였다. 정확한 동선으로 경기장을 가벼이 누비는 말발굽 소리와 탱글탱글 경쾌하게 튀어 오르는 말 허벅다리 근육의 움직임이 무척 생기로웠다.

우리는 그렇게 경기를 마치고 개선장군처럼 들어오는 아빠를 환호하며 맞았다. 가끔 연습 경기가 끝나면 아빠는 우리가 말을 가까이에서 볼 수 있도록 마구간으로 데려가주었다. 말의 커다랗고 선한 눈망울과 길고 짙은 속눈썹은 볼수록 매력적이었다. 목덜미를 따라 길게 이어진 갈기와 꼬리털은 힘차게 달릴 때 바람에 흩날리며 그 수려한 자태를 떨치겠지. 늘씬한 허리와 탄탄한 허벅지를 타고 흐르는 윤기 자르르한 털을 보고 있으면 세상에 이렇게 매혹적이고 관능미 넘치는 동물이 또 있을까 싶었다. 시원시원하게 뻗은 긴 다리에서는 올찬 기운이 느껴졌다. 그렇게 날렵하게 잘 빠진 말을 보고 있으면 동화 속에 등장하는 백마 탄 왕자들이 떠올랐다. 왕자가 저 멋진 말을 타고 오면 왕자가 아니라 저 근사한 말에게 더 시선을 빼앗길 것만 같았다. 아주 가끔 운이 좋은 날엔 아빠가 말을 태워주기도 했다. 말 등에 올라타 아빠 앞에 자리를 잡고 고삐를 쥐면 얼마나 떨리고 기뻤는지 모른다. 높은 말 등 위에서 온 세상을 다 내려다볼 수 있었다. 정말 동화 속 공주가 된 기분이었다. 언젠가 아빠처럼 멋지게 혼자 말을 탈 수 있는 날까지 열심히 승마장을 따라다녀야지.

엄마는 말 먹이로 깨끗이 씻고 적당한 크기로 썰어 준비해 온 당근을 동생과 내 손에 쥐여 주었다. 아빠가 말 높이에 맞춰 우리를 높이 들어 올려 주면 당근을 내 밀어 말에게 먹이곤 했다. 말들은 주식으로 건초를 먹었지만 우리가 준비한 별식, 당근을 무척이나 반겼다. 말에게 손까지 같이 먹힐까 봐 조마조마하면서도 가까이 당근을 들이밀면 코로 흥흥 소리를 내며 아삭아삭 당근을 씹었다. 그 소리에 나까지 덩달아 행복했다. 커다란 비닐에 당근을 가득 준비해 왔지만 그것이 없어지는 것은 순식간이었다. 마구간의 말들을 둘러보며 한 마리 한 마리 세세히 살펴보았다. 어떤 말이 가장 나와 잘 통하는지 눈빛을 교환하면 왠지 알 수 있을 것만 같았다. 우리는 큰 소리를 내지 않고 말소리도 조용조용, 발소리도 사뿐사뿐 걸으며 말들을 살펴봤다. 고요한 마구간에서 내 눈빛을 가장 잘 읽어줄 것 같은 깊은 눈망울을 가진 말 앞에서 한참을 가만히 서 있었다. 말도 나도 소리가 아니라 눈빛을 통해 영혼으로 교감하는 것만 같았다.

그렇게 고요히 마구간을 걷다가 말긋말긋 우리를 바라보는 귀엽고 작은 망아지 앞에 서서는 "안녕 말아, 내 말 좀 들어줄래?" "넌 말이지, 말이 없어서 나도 말문이 막히는구나." 같은, 그야말로 말 같지도 않은 농을 말 앞에서 동생과 주고받으며 히죽댔다. 만들어 낸 말 중에 "말꼬리 잡지 마라."가 가장 웃기다고 생각했다. 요새 한창 연습 중인 바이올린의 활이 말 꼬리로 만들어진다고 했던가. 탄탄한 바이올린 활을 떠올리니 말과 경쾌한 바이올린 소리가 무척 잘 어울린다는 생각이 들었다. 다음 바이올린 연습 때 활을 들고 있는 친구에게 '말꼬리 잡지 말라'는 농담을 꼭 해 봐야겠다.

아빠 친구 울진 아저씨

그곳은 말하자면 우리에게 제2의 고향 같은 곳이었다.

매년 휴가철이면 우린 자연스럽게 짐을 챙겨 울진으로 갔다. 새롭게 뜬다는 휴양지를 찾아가는 것도 좋았지만, 아무리 다녀 봐야 또 그만한 곳이 없었다. 크지도 않은 도시 안에 산과 바다, 계곡을 다 갖고 있었다. 심지어 풍풍 땅속에서 끓어 솟구치는 천연 온천과 만겁의 시간을 끌어안은 동굴까지도. 크게 관광지로 알려지지 않아 인공적인 개발은 더뎠고, 그래서 화려한 멋은 없었다. 그곳은 말수가 적고 속이 깊은 알짜배기 진국 같은 사람에 비유할 수 있을 것 같았다. 오래 알아갈수록 숨은 매력을 알 만한 이들에게만 하나씩 비추어 보였다. 원주민의 안내에 따라 찾아든 솔숲 깊은 곳의 비밀스런 해안가는 믿기 힘들 정도로 깨끗했고 고요했다. 한 구역을 통째로 전세 낸 듯했다. 오랜 시간 군부대가 주둔해 있다가 최근 민간에게 개방되어 잘 알려지지 않은 곳이라 했다. 그래서 극성수기에도 피서 인파가 없었다. 이런 숨은 보물섬 같은 곳이 늘 우리를 말없이 기다리고 있었다. 객지였지만 고향 같았고, 익숙했지만 지겹지 않아 더할 나위가 없었다.

그곳엔 아빠 고등학교 시절, 질풍노도의 시기를 보내고 있을 때 학교를 뛰쳐나와 인생을 함께 고민했다던 친구가 살고 있었다. 이젠 우리에게도 아저씨 아줌마는 가까운 친지 같았다. 아저씨는 울진 토박이이자 원주민이었다. 동시에 우리에겐 훌륭한 가이드였고 숙소와 천혜의 먹거리 제공자였다. 공기 좋고 물 좋은 곳에서 우리와는 나이 차가 많이 나는 늦둥이 아들을 정성으로 키워 내고 계셨다. 맑고 반짝이는 눈빛은 아줌마를 쏙 빼닮았고, 수더분한 성격은 아저씨를 빼다 박은 아이였다. 그 아이가 뛰노는 아저씨네 집 마당은 넓었다. 너른 마당에 이것저것 텃밭을 가꾸고 '천리'라는 잘생긴 진돗개도 한 마리 키우셨다. 봄이면 홍매화가 마당 구석을 밝히며 계절을 알려 왔다. 마당에 넓게 줄지어 독들이 자리를 지켰고 독 안에서 된장과 간장이 익어 갔다. 또 다른 귀퉁이엔 한때 한창 불을 지피던 황토집이 자리했다. 봄이 가면 여름이 왔고, 여름이 가면 가을이 왔다. 그렇게 계절을 보내고 또 맞으며 시종여일 너른 마당을 지켜 오셨다.

집에서 멀지 않은 바닷가는 우리의 놀이터이자 심심찮은 해산물 시장이었다. 취미로 스쿠버 다이빙을 하는 아저씨가 삼지창과 망을 들고 바다로 뛰어들고 나면, 망태기에 희한한 생명체들을 그득하게 채워 올라 오셨다. 울퉁불퉁 붉은 빛이 선연한 멍게, 밤송이같이 뾰족하고 까만 가시를 이리저리 움직이며 도망갈 궁리를 하는 성게, 거무튀튀한 색에 오돌토돌 돌기가 돋아 있어 고대 생물체처럼 느껴지는 해삼, 우둘투둘한 겉껍질을 떼어 내면 할머니 댁 자개장롱처럼 영롱한 무지개 빛깔 내면을 갖고 있는 귀하다는 전복까지. 갓 잡아 올려 꿈틀대는 신선한 해산물을 그 자리에서 칼로 갈라 초장에 살짝 찍어 먹는 그 맛이란 어떤 말로 표현해도 부족하다. 상큼하고 시원한 해산물의 즙이 짭조름하게 입안 가득 퍼지면 침이 절로 고여 왔다. 아저씨는 퍼덕이는 날것을 잡아 올렸고, 아줌마는 옆에서 자연의 향을 돋워줄 양념을 더해 맛깔난 저녁을 준비했다.

아저씨는 괴짜였다. 무언가에 한번 꽂히면 무작정 파고들어 그 분야의 전문가가 되어 버리셨다. 그렇게 어느 해는 사주 명리학을 공부했고 어느 해는 황토를 파러 다녔다. 꽂힌 곳에 들인 시간과 노력은 장난이 아니었다. 웬만큼 공부했다는 철학관의 사주쟁이들보다 신뢰가 갔고 어떤 흙 장사보다 황토에 정통해져 버렸다. 성당의 친한 신자들과 우리처럼 댁을 오가는 객식구들의 사주를 봐주었고 내 주관적인 판단으로 그 정확도는 소름 끼치게 높아 '그냥 재미로 보는 것이다'라고 말은 하지만 중요한 일을 앞두고 아저씨를 만나면 자꾸 조언부터 받고 싶어졌다. 그러나 그것을 차마 업으로 할 수는 없으셨으리라. 우리가 여행 갈 때마다 아저씨에게 이런저런 인생 상담을 하며 사주를 궁금해 하면 못 이기는 척 하얀 종이를 꺼내 와 생년월일시를 받아 적어 두고 중얼중얼 사주의 간지를 풀어내어 읊으시곤 했다. 우리는 한 치 앞을 내다 볼 수 없는 미래가 마치 아저씨 손에 달려 있는 양 기대와 호기심으로 조마조마하게 선포를 기다리곤 하였다. 아저씨 옆에는 늘 한술 거드는 아줌마가 있었다. 정말 환상의 콤비였다. 아저씨는 언변이 화려하지 않았고 그래서 그저 읽혀지는 것을 그대로 던졌다. 알아듣기 쉽지 않은 아저씨의 투박한 선포에 따라붙는 아줌마의 적절한 예시와 주석은 필수였다. 살아 펄떡대는 날것을 툭툭 건져 올리면 옆에서 먹기 좋게 생선회를 칼로 썰어 주는 역할이었다. 밤이 깊도록 경청하다 보면 결론은 늘 우리가 현재에 얼마나 열심히, 그리고 즐겁게 감사하며 살아가느냐에 따라 미래가 결정된다는 교과서보다 더 교과서 같은 이야기로 결론이 나고 말았지만 사실 그 어떤 교과서보다도 재미있었다.

황토에 빠져 지내던 어느 해에는 집 안이 온통 황톳빛이 되어 있었다. 오염되지 않은 황토를 퍼다 날라 지장수(황토로 된 땅을 석 자쯤 팠을 때 속에 고이는 맑은 물)를 만들고 결국 너른 마당 한편에 황토집을 짓기도 했다. 황토집을 지어낸 기술과 인내에도 입이 떡 벌어졌지만, 옆에서 신명 나게 '온갖 잡병이 다 낫는다'며 거드는 아줌마 말이 더 맛깔나고 재밌었다. 하루만 황토집에서 뜨뜻하게 푹 자고 나면 없던 입맛이 돌고 눈에 띄게 안색이 좋아진다고 했다. 지인도 산후조리를 잘못하여 수십 년간 앓아 왔던 요통이 황토집에서 자고 일어나니 하루아침에 사라졌으며, 그렇게 개운한 아침은 처음 맞이한다고 했단다. 심지어 술을 많이 마신 날에도 황토집에서 자고 일어나면 숙취도 없이 가뿐하게 일어나지고 확실히 기운이 나는 것이 느껴진다고 했다. 자신들이 몸소 좋은 것을 경험하고 그것이 너무 좋아 권하지 않고는 못 배기겠다는 아줌마, 아저씨의 진심이 참으로 느껴졌다. 그래서 뭐든 권하면 꼭 해볼 수밖에 없게 만들었다.

우리는 다함께 지장수를 마셨고 지장수로 세수를 했으며 지장수로 담근 간장으로 요리했다. 그리고 당연히 황토집에서 자야 했다. 황토 덕분인지 아저씨의 정성 덕분인지는 몰라도 아들내미가 심하게 앓던 못된 아토피까지도 지장수가 씻어가 버렸다고 한다. 아마 뭘 작정하고 판매를 하신다면 다 사야 할 것처럼 깊은 신뢰가 갔다. 플라시보 효과인지 몰라도 정말 아저씨가 손수 지은 황토집에서 자고 일어난 날 아침 엄마는 편두통이 사라졌고 아빠는 눈의 피로함이 사라졌다고 했다. 동생과 나는 아픈 곳이 없어 그저 익숙한 침대 대신 흙바닥에서 자고 일어난 뻐근함만이 남았을 뿐이다.

하나에 꽂히면 파고드는 열정은 나이가 들어도 변

함이 없었다. 그 열정이 식으면 아저씨가 아니겠지. 최근에 아저씨는 뜬금없이 '삼계탕'에 꽂혀 대한민국에 삼계탕이 유명하다는 집은 다 다녀왔다고 한다. 그리곤 결국 마당 한편에 소형 승용차도 들어갈 것만 같은 어마어마한 크기의 가마솥을 장만하시더니 삼계탕 국물 뽑아내는 과정을 몇날 며칠 연구하셨다. 결국엔 정갈하고 한적한 마당 너른 집을 조금 손봐 식당을 여는 지경에 이르렀다. 시식해 보라며 한 그릇 푸짐하게 김이 모락모락 오르는 한방 삼계탕을 내어주신다. 뽀얀 국물에 짙게 내린 한약재 냄새가 눈과 코부터 자극한다. 아저씨가 상세히 설명해주는 정성스런 조리 과정을 들으며 뜨뜻한 닭 국물의 가치를 가늠해 본다. 국물이 목으로 채 넘어가기도 전에 옆에서 맞장구치시는 아줌마 덕에 안 걸린 병도 나을 지경이다. 진국이로구나. 뜬금없지만 이제 울진은 우리에게 대게가 아니라 한방 삼계탕으로 기억될 것만 같다.

그곳에선 언제나 구수한 황토 냄새가 배어났고 마음속까지 절로 사람 냄새가 스몄다. 우리가 손님이라 꾸며내어 더 잘해줄 것도 없었으며 더 못해줄 것도 없었다. 그저 늘 같이 사는 가족 같았다. 엄마가 나서서

설거지를 한다 하면 부러 말리지도 않으셨다. 그저 "아유, 고맙습니다." 하고 아줌마는 한편에서 후식을 준비하는 식이었다. 아저씨와 아빠의 관계야 더 말할 것도 없이 막역했다. 학교에서 배운 '연주하는 거문고 소리만 듣고도 무슨 마음을 갖고 있는지 알 수 있었다'는 백아와 종자기의 관계가 떠올랐다. 그저 재미나게 살고, 좋고 재미난 것을 서로 기쁘게 권했다.

알싸한 바닷바람이 코끝을 간질이는 봄이 오면 그 너른 마당에도 갖가지 봄빛의 향연이 펼쳐지겠지. 막 연애를 시작한 소녀처럼 세상이 온통 가슴 두근거림으로 가득할 것이다. 꽃나무들은 단단하고 보들보들한 겨울눈 사이로 빼꼼 여린 잎사귀를 내밀겠다. 그리고 올봄에도 마당 구석의 홍매화가 그 자리를 환히 밝히고 있겠지.

다시, 내년의 나에게

"오, 사, 삼, 이, 일~ 뎅. 뎅. 뎅. 새로운 한 해가 밝았습니다. 새해 복 많이 받으세요!"

올해도 어김없이 텔레비전 속 보신각 종소리를 들으며 새로운 한 해를 맞이한다. 어제와 같은 12시, 내일도 똑같을 12시지만, 유독 12월 31일 자정을 넘기고 1월 1일을 맞이하는 우리의 자세는 비장하다.

오후에는 해넘이를 보러 앞산에 올랐다. 가족 연례 행사다. 내일 또 올라올 해를 왜 굳이 산에 올라와서 봐야 하냐는 동생의 투덜거림은 올해도 달라지지 않았다. 남들 다 보는 새해 첫 해돋이를 바닷가에서 보는 것도 의미 있겠지만, 지난 한 해를 돌아보며 넘어가는 마지막 해의 끝을 산 위에서 잘 배웅하는 것 또한 의미 있다 믿는 아빠 덕분이었다. 산에 오르면서 지난 한 해를 찬찬히 돌아보겠다고 결심했지만 꼭 산에 오르고 숨이 차기 시작하면 아무 생각이 없어졌다. 한 발자국

한 발자국 꾹꾹 눌러 밟으며 제 속도를 찾아갔다. 정상을 올려다보면 까마득히 버거웠지만, 그래서 끝을 바라보며 조바심 내기보단 겸손하게, 그리고 성실하게 한 발자국 한 발자국 내디뎠다. 그러다 아래를 돌아보면 어느새 집이, 나무가, 도로가, 우리 마을이, 도시가 레고 블록처럼 작아져 있었다. 작아진 내 삶의 터전을 돌아보며 크게 숨을 들이마시고 내쉴 때, 아등바등 살아온 지난 시간들이 순식간에 파노라마처럼 머리를 스쳤다. 조금만 높이서 내려다보아도 이렇게 시선이 달라지는구나. 구태여 힘들 것도 억울할 일도 없게 느껴졌다.

한 해를 배웅하며 이런 마음을 느끼게 해주고 싶으셨을까. 잠시 숨을 고르는 사이 땀이 바람에 말라 체온이 급히 떨어질까 옷을 더 여미며 정상으로 향했다. 드디어 정상에 올라 보온병에 담아 온 따뜻한 차를 나누어 마시며 넘어가는 해를 말없이 바라보았다. 왠지 모를 울컥함과 함께 지난 일 년의 이런저런 일들을 마음에 아로새겨 본다. 가족과 함께 한 해의 마지막 해넘이를 보고 있으면 마음속 한구석의 미움도 애착도 한결 가벼워지고 그저 홀가분함만이 남았다. 몸도 마음도 가벼워졌다. 그래서 좋았다.

　산을 내려와 뜨끈한 국물로 저녁을 먹고 각자 깨끗이 목욕을 마치고 나면 일 년에 한 번 돌아오는 가족 이벤트가 시작된다. 식탁에 둥그렇게 둘러앉는다. 엄마는 예쁜 초를 가져다 켜고, 식탁의 할로겐 등만 남긴 채 다른 곳의 형광등은 모두 끈다. 조명 덕분인지 엄마 아빠가 분위기를 잡아 주셔서인지 사뭇 진지한 순간이다. 오늘을 위해 문구점에서 한참을 고심 끝에 골라 온 따스한 색상의 편지지를 책상 서랍에서 꺼내 조심스레 들고 온다. 엄마가 일 년간 봉인해 두었던 판도라의 상자를 연다. 딱 작년 12월 31일 밤에 작성했던 우리 네 사람의 편지가 들어 있다. 작년 이 시간에, 나는 지금의 나에게 어떤 편지를 써 두었던가. 기억이 날 듯 말 듯하다. 러브레터를 마주하는 것처럼 두근거린다. 나는 지난 일 년을 계획했던 대로 보냈을까. 각자의 봉투가 주인의 손을 찾아 들려진다. 조심스레 봉투를 열어 본다. '한 살 많은 나에게'로 시작하는 나에게 쓴 편지가 시작된다. 이것을 가족 앞에서 소리 내어 읽을 생각을 하니 벌써 민망함으로 손발이 오그라든다. 올해는 제발 좀 덜 감성적으로 적어 봐야겠다.

작년에도 나는 운동을 한 가지 하겠다고 했고, 영어 사용을 생활화하겠다고 했으며, 세상에, 책을 하루에 한 권씩 읽겠다고 다짐했었구나. 무려 책을 365권이나 읽은 후엔 좀 더 인격적으로 나아져 있을 나를 기대하고 있었겠지. 그나저나 올해 다짐으로 쓰려고 했던 것들인데 어쩌지. 이제 컴퓨터와 텔레비전을 멍하게 보고 있느라 시간을 낭비하는 것은 그만해야지. 숙제를 미뤄 놓았다가 밤늦게 겨우 끝내고 늦잠을 자는 습관도 버려야지. 나쁜 것들, 모두 올해는 꼭 끊어야지. 그러고 보니 일 년 전과 지금은 달라진 듯 별로 달라진 것이 없는 것 같기도 하다. 지난 365일의 시간 동안 뭘 했더라… 하루는 길지만 일주일은 짧았고, 한 달은 더딘 것 같지만 일 년은 또 금방이었다.

엄마는 또 다이어트를 결심했고, 우리와 한 달에 새로운 한 도시를 여행하겠다고 다짐했다. 아빠는 금연을, 그리고 매일 출근 전 성당에 들러 기도할 것을 다짐했다. 동생은 올해도 컴퓨터 게임 시간을 줄이겠다고 하겠지. 아빠를 선두로 짐짓 담담한 체 헛기침을 섞어 가며 줄줄이 작년 편지 낭독 시간과 자아반성의 시간, 그리고 새로운 결심을 나누는 시간이 이어진다. 다시 내년 이 시간에 읽힐 편지를 일 년 뒤의 나에게 써 본다. 가슴이 벅차다. 지금 적은 것들은 꼭 다 해낼 수 있을 것 같고, 이대로만 지킨다면 일 년 뒤의 나는 지금보다 훨씬 더 나은 모습일 것이다. 새해는 이래서 좋다. 나아질 것이라는 기대는 희망을 만들고, 이렇게 꿈을 갖는 것은 얼마든지 자유니까.

매년 비슷한 결심을 반복하고 있지만 그래도 조금씩 나아지고 있다는 것을 믿어야겠지. 어쩌면 어제와 같을 오늘, 오늘과 같을 내일이겠지만. 그럼에도 불구하고 어제보다 나은 오늘을, 오늘보다 나을 내일을 기대하기에 매 순간 다가올 새로운 한 해가 벅차게 기다려진다. 다른 친구들이 다들 '성적우수상'이니 '모범상'이니 하는, 척 보기에도 몹시 잘나 보이는 상장을 줄줄이 받아 가는데, 나는 겨우 개근상밖에 못 받았다고 슬퍼했던 지난 방학식 날이 떠올랐다. 개근상이 모든 상 중에 최고의 상이라 치켜세워주던 엄마 아빠 덕분에 나는 금방 마음이 평온해졌다. 올해 목표도 개근상이다. 남은 두 달만 잘 버티면 학년이 바뀌기 전에 또 개근상을 받아올 수 있겠지. 성적이 우수하지 못해도, 다른 사람들에게 모범이 되지 못해도 괜찮다. 내가 할 수 있는 만큼 내 자리에서 최선을 다하면 그것으로 만족스럽다. 어제보다 나은 오늘을 보냈다면 그것보다 더 훌륭한 것이 없다.

매일을 빠지지도 않고 스물네 시간씩 차곡차곡 채워 살아낸 나에게, 12월 31일에는 올해의 개근상을 주고 싶다.

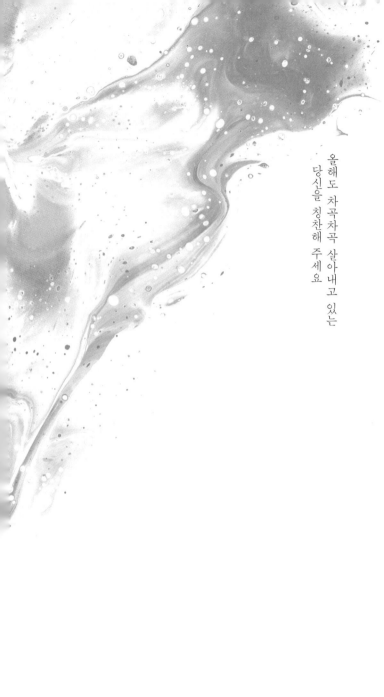

올해도 차곡차곡 살아내고 있는
당신을 칭찬해 주세요

세이렌의 유혹

여름이면 가족들과 함께 물놀이를 하러 갔다. 꽉 막힌 실내 수영장에 물 반, 사람 반인 곳은 어째서인지 물장구를 칠수록 더 더워지는 기분이었다. 그래서 가능하면 조용한 계곡으로, 바다로 향했다. 그것은 한여름의 특권 같은 것이었다. 차로 가득 찬 도심의 지글지글 끓어오르는 아스팔트 위 체중만 벗어나도 한결 숨이 편안해지는 것 같았다. 아빠와 엄마는 무릎까지만 담글 거라며 샌들을 신었고, 우리는 물에 홀딱 젖을 만반의 준비를 갖췄다.

동생은 수영을 잘했다. 그래서 발이 닿지 않는 깊은 물에도 쉽게 들어갔다. 물개처럼 날래게 잘도 오갔다. 같이 다니라고 보내준 YMCA 수영 교실에서 자유형을 배우다가 선생님이 지적한다고 자존심 상해 뛰쳐나와 버린 것이 이런 순간엔 못내 후회되었다. 튜브를 생명선처럼 꼭 잡고 발로 물장구를 치고 놀 수는 있었지만, 깊은 물에서 살아남는 법은 배우지 못했다. 하지만 보란 듯이 재빠르게 물 위를 오가는 동생을 보니 나도 할 수 있을 것만 같았다. 괜스레 몸이 가볍게 느껴졌다. 키도 나보다 작은데, 쟤가 하는 것을 내가 못 하는 것이 내심 분했다. 엄마는 동생과 내가 싸울 때마다 "지는 게 이기는 거야. 왜냐하면 이기는 것보다 지는 것이 더 어렵거든." 하시며 '이기지 말아야 할 때는 이기지 않는 것이 용기 있는 것'이라고 알려주셨다. 수영을 잘하는 동생을 이겨 보리라는 결심을 하는 것, 그것은 용기가 아니라 객기일 테지.

하지만 엄마 말이 이 순간엔 설득력 있게 느껴지지 않았다. 저놈을 보란 듯이 이겨 먹어야 뒤틀린 심사가 편해질 것만 같았다. 그래서 당장에 유치해 보이는 튜브를 벗어던졌다. 발이 닿는 곳에서 닿지 않는 곳으로 서서히 깊이, 더 깊이 들어갔다. 발이 닿지 않자 겁이 나 얼른 다시 얕은 곳으로 기어 나와 버렸다. 무서웠지만 스릴도 있었다. 심장 박동이 두근두근 빠르게 고동쳤다. 이번에는 좀 더 깊은 곳으로 들어가 조금 더 오래 있다가 물장구를 쳐 빠져나왔다. 고개를 푹 숙인 채 숨을 참고 발을 막 되는 대로 움직여 물속에서 걷듯이 발장구를 치면 여차저차 앞으로 몸이 조금은 이동을 하는 듯했다. 솔직히 말하면 물을 조금 먹긴 했지만, 어쨌든 살아 나오고 나면 그럭저럭 할 만하다 싶었다. 겁 없이 자유롭게 오가는 동생 녀석이 의도치 않게 승부욕을 자극했다. 숨이 가빴지만 부러 동생 앞에선 더더욱 아무렇지 않은 척했다.

물 밑은 수심이 일정하지 않았다. 얕다가 깊어졌고, 깊어지다가도 바위 근처는 또 갑자기 얕아졌다. 어떤 곳은 얕은 부분이 길게 이어지다가 한 발자국만 더 디디면 갑자기 벼랑같이 깊어지기도 했다. 수경을 끼고 물속을 찬찬히 들여다본다. 물결이 일렁이며 명확해 보이진 않지만 대략 수심이 깊은 곳의 수온이 낮았고, 색이 더 짙었다. 일렁일렁 깊은 곳에서 물고기들이 떼 지어 오가는 것도 보였다. 청아하게 깊은 곳에서 맑은 물빛이 자꾸만 날 유혹했다.

엄마 아빠는 수영도 못 하는 내가 튜브도 벗어던지고 자꾸 멀리 멀리 나가는 것을 불안해했다.

"발 닿는 곳에서 놀아라. 너무 깊이 가지 마라."

몇 번 주의를 주었다. 그러나 내가 할 수 있는 곳에서 한 발자국만 더 벗어나면 한계를 뛰어넘을 수 있을 것만 같았다. 도전은 늘 매력적이다. 계속 보다 보니 대충 물속의 지형도 파악이 된다. 조금만 더 발을 내디디면 수심 깊은 곳에서 언뜻언뜻 보이는 물풀과 물고기들을 더 자세히 볼 수 있을 것만 같았다. 무엇보다 발 닿는 곳의 탁한 물과는 달리 깊은 곳의 물빛이 더 맑고 투명했다. 그 고요함 안으로 들어가면 그들 세상 속의 적막함에 잠시 기댈 수 있을 것만 같았다. 조용히 목표 지점을 바라보았다. 저만치 커다란 바위가 보인다. 바위에 올라서면 다시 물 위로 올라올 수 있겠구나. 숨을 크게 들이쉬고 잠수하여 머리를 처박고 물 안을 유심히 들여다본다. 가까이 다가갈수록 그들의 목소리가 더 크게 들리는 듯했다. 조금 더 가까이, 조금 더 다가와 보라고 속삭였다. 홀린 듯 발을 떼었다.

조금 더 깊이, 조금 더 깊이. 수온이 낮아진다. 꽤 깊이 들어온 것 같은데 가깝게 보이던 바위는 아직 한참 멀었다. 보는 것과 실제 거리는 다르구나. 재빨리 몸을 옮겨 바위 위에 발을 디디고 깊은 물속을 들여다볼 작정이었는데… 점차 숨이 차오른다. 온 만큼을 더 가야 바위에 닿을 것 같다. 안 되겠다. 다시 발 닿는 곳으로 돌아가야겠다. 어… 어? 어! 어쩌나, 계속 발이 닿지 않는다. 당황스럽다. 이젠 숨이 한계에 다다른다. 급하게 빠져나오려 할수록 몸이 점점 더 무겁게 가라앉는다. 앞이 보이질 않는다. 어푸어푸! 숨이 더 이상 남아 있지 않다. 물 밖으로 고개를 내밀어 숨을 들이마시려 하는데 공기 대신 물이 입으로 코로 들어온다. 꺽꺽. 다급해질수록 몸에 점점 더 힘이 들어가고 더 깊이 아래로 가라앉는다. 나가고 싶어 겨우 위로 뻗친 팔을 허우적거려 보지만 아무것도 잡히는 게 없다. 정신이 혼미해진다. 살기 위해 혼신의 힘을 다해 앞으로 위로 몸을 뻗쳐 본다. 희미하게 보이는 동생의 팔을 간신히 잡아 보려는데, 동생이 내 손을 뿌리치고 달아나 버린다. 장난인 줄 아는 것 같다. 죽을 것 같다. 정말 죽을 것 같다. 아, 이렇게 죽는구나. 물속에 잠겨 있으니 물 밖으로 목소리도 전달이 되질 않는구나. 하아… 물속에서 바라보는 하늘은 눈부시게 빛나는데 아무도 날 꺼내주지 않는구나. 멀리 가지 말라는 엄마 아빠 말을 들었어야 했는데… 살려주세요. 날 살려주세……

푸악! 누군가 날 낚아채어 물 밖으로 끄집어낸다. 하늘이 노랗다. 누군가 내 이름을 큰 소리로 몇 번씩 부른다. 아빠다. 콜록콜록 기도로 차오른 물을 헛구역

질하며 뱉어낸다. 불과 몇 초 사이에 벌어진 일이었다. 죽다 살았구나. 눈앞에 있는 것들이 다시 서서히 선명하게 보이기 시작한다. 내가 의식이 있는 것을 확인한 아빠는 안도의 한숨을 땅이 꺼져라 내쉰다. 감히 고맙습니다, 죄송합니다 따위의 인사말도 나오질 않는다. 애먼 아빠의 바지 끝에서 물이 뚝뚝 떨어지고 있었다. 정신을 차리니 왈칵 눈물이 쏟아질 것만 같다. 살았다. 눈도 맵고 코도 맵고 몸은 퉁퉁 부어 있다. 물을 얼마나 들이켰는지 헛배가 부르다. 눈 깜짝할 새 몇만 겁의 시간이 흐른 것만 같았다.

시간이 지나고 완전히 안정을 되찾자 가족들의 심문이 이어진다. 손을 뻗었는데도 가까이에서 날 안 잡아줬다며 애꿎은 동생을 탓해 본다. 동생은 장난을 치려 했던 것이 아니라 자기도 물에 빠져 죽을 뻔했다며, 누나 손에 잡혔으면 둘 다 죽었을 거라 항변했다. 수영은 하나도 못 하면서 자꾸 멀리 나가는 나를 불안하게 지켜보고 있었던 아빠 덕분에 살았다. 물에는 발만 담글 생각으로 물놀이 준비를 하나도 하지 않은 아빠는 졸지에 속옷까지 시원하게 다 젖어 버렸다. 엄마와 물가에 앉아서 이야기를 하고 있다가 멀리서 물속으로 꼬르륵 잠겨 들어가며 요란스레 발버둥질하는 나를 발견한 순간 바지 뒷주머니의 지갑과 폰을 빛의 속도로 던지고 물속으로 질주했다고 한다. 흔히 들어 넘겼던 '피서철 물놀이 사고 급증'이라는 뉴스가 남의 일이 아니었다. 정말 사고는 순간이구나. 온몸으로 체험을 하고 나니 왜 안전 교육을 그렇게 호들갑스럽게 하는지 조금은 알 것도 같았다. 다시는 생명을 담보로 능력의 한계치를 시험해 보는 일은 하지 말아야겠다. 섣부른 객기는 사람을 잡아먹을 수도 있구나.

그나저나 저 깊은 물 속에서 누가 날 불렀던 걸까? 왜 나는 유혹에 빠져들었던 걸까? 미련하고 자만한 또 다른 내가 아니었을까?

위험한 것은 늘 매력적이다.

다람쥐 가족

우리 가족은 가을이면 어김없이 산에 올랐다. 알록달록 아름다운 단풍이 우리를 불렀기 때문이기도 하지만, 가끔은 특별한 목적을 가지고 떠나기도 했다. 이번 산행의 임무는 '도토리 줍기'였다. 등산로의 초입을 지나 한적하게 그늘진 오솔길이 나오니 엄마가 각자에게 비닐봉지를 하나씩 나누어 준다. "여기서부터 시작이야." 하며 둥치 굵은 참나무 아래를 가리킨다. 보물찾기가 시작되었다. 우리는 경쟁을 하듯 숲속을 샅샅이 뒤지기 시작한다. 눈에 쉽게 들어오는 도토리가 있는가 하면 데굴데굴 굴러 낙엽 아래, 때론 키 작은 식물 아래에 비밀스럽게 숨어 있는 도토리도 있다. 엄마는 어찌나 빠른지 금세 손에 든 봉지를 도토리로 가득 채운다. 동생과 나는 경쟁하듯 각자의 봉지를 비교해 가며 눈을 더 크게 뜬다. 낙엽 사이를 들추고 그 아래 오동통 반들반들하게 반짝이는 도토리를 집어 든다. 그놈 참 잘 생겼다. 뿌듯해하며 돌려 보는데, 반대쪽에 까만 구멍이 뚫려 있다. 아뿔싸, 이건 말짱 꽝이다. 벌레 먹은 도토리는 겉은 멀쩡해 보여도 속은 썩어 있었다. 아쉬움에 못내 만지작대다 벌레 먹은 도토리를 내려놓는다. 토실토실 살이 잘 오른 예쁜 도토리를 산속의 벌레들이 먹기 전에, 다람쥐들이 다 주워가기 전에 바쁘게 주워야 했다. 허리를 굽히고 하나둘 떨어진 도토리를 줍다 보면 시간 가는 줄도 몰랐다.

떨어진 지 얼마 안 된 도토리는 때론 깍지에 싸인 채로 있기도 했다. 깍지에서 똑 하고 도토리를 떼어내면 아무도 손대지 않은 비밀스러운 도토리가 선물처럼 손 안에 들어왔다. 당연히 깍지는 집에 가져갈 필요가 없었다. 하지만 나는 깍지에 싸인 채 떨어져 있는 도토리 그대로가 너무 예뻐서, 깍지를 분리해 버리고 싶지 않았다. 엄마가 나중에 뭐라고 할지도 모르겠지만, 우선은 깍지 채로 예쁜 도토리를 열심히 주워 담았다. 엄마가 도토리를 부엌으로 전부 가져가기 전에 깍지에 싸인 도토리 몇 개를 빼놓아야겠다. 친한 친구들에게 선물하고 싶었다. 예쁜 도토리를 가져다 성모님 발 아래 놓아 드려야지. 싱그러운 가을을 담은 도토리를 여기저기 선물할 수 있다 생각하니 기분이 한껏 좋아졌다. 선물 가게에서 기념품을 고르듯 이리저리 예쁜 도토리를 깍지와 가지 채로 주워 담았다.

우리가 주운 도토리는 엄마의 손에 정성껏 갈려 도토리묵으로 만들어졌다. 사실 우리에게는 양념 맛으로 한 숟갈 먹고 마는, 딱히 관심이 가는 음식이 아니었다. 우리 입에는 달지도 않았고, 심지어 약간은 떫기도 한 매력 없는 음식에 가까웠다. 도토리를 주워다가 초콜릿 쿠키나 달콤한 젤리로 만들 수 있었다면, 눈이 훨씬 더 벌게지도록 열심히 주웠을지도 모르겠다. 줍는 재미와 경쟁하는 재미로 엄마 아빠를 열심히 따라다녔지만 오래지 않아 허리가 쑤시고 다리가 아파 지겨워지고 말았다.

몸이 비비 꼬일 정도로 지겨워질 때쯤이면 설상가상 온몸에 붙은 도깨비바늘이 엄청 따갑고 성가시게 눈에 띄었다. 가시 같은 털들은 니트 재질의 옷에 더 잘 달라붙었다. 누가 산에 오면서 이런 니트를 걸치고 오는지, 그걸 주워 입은 스스로가 원망스럽고 안 말린 엄마는 더 원망스러운 순간이다. 바위에 걸터앉아 옷에 다닥다닥 붙은 도깨비바늘을 하나하나 손으로 떼어내고 있으려니 왠지 온몸이 다 따끔따끔 간질간질하다. 특히 손이 안 닿는 등과 보이지 않는 엉덩이가 괜스레 따갑고 근질거린다. 이놈들의 씨앗을 멀리 퍼뜨리는 데에 내가 이용당했다고 생각하니 부아가 치민다. 뜯어낸 도깨비바늘을 몰래 동생과 아빠 등에 갖다 붙여 본다. 그렇게 줍다 만 도토리는 아빠 비닐봉지에 다 부어 버리고 다른 놀잇거리를 찾아 헤맸다.

집에 가고 싶다는 생각이 들자 갑자기 산에 사는 귀여운 다람쥐가 걱정되기 시작했다. 우리는 맛없는 묵을 먹어도 그만, 안 먹어도 그만이지만 다람쥐는 도토리가 주식일 텐데. 다람쥐 가족이 가을 동안 도토리를 배불리 먹고 창고에 잘 저장해 둬야 길고 긴 겨울을 배부르게 날 수 있을 텐데. 저만치 앞서가는 엄마를 불러세운다.

"엄마, 우리가 도토리를 다 주워 가서 다람쥐가 먹을 것이 없으면 어떻게 해?"

걱정스러운 눈빛으로 묻는다. 엄마가 웃으며 우리가 많이 주웠어도, 다람쥐가 배불리 먹고 남아서 땅속에 썩는 도토리가 있을 만큼 도토리가 많이 있으니 걱정 말라고 했다. 정말 그럴 것도 같았다. 산이 온통 도토리나무라 바닥엔 도토리가 지천으로 널려 있었다. 집에서 딱히 가깝지도 않은데 엄마 아빠는 이런 곳을 어떻게 찾아내셨는지 모르겠다.

해 질 녘이 되어서야 봉지를 가득 채운 도토리를 나누어 들고 산에서 내려왔다. 마치 겨울잠을 준비하는 다람쥐 가족이 된 것처럼 마음이 풍성하고 그득했다.

송곳이 된 추억

작년에 이어 올해도 스키장으로 왔다. 이제 눈썰매가
아니라 스키를 탄다니. 재작년까지만 해도 신나게 탔
던 놀이공원의 눈썰매가 별안간 시시하게 느껴졌다.
발에 딱 맞는 스키 부츠를 꼭 조여 매고 리프트에 올라
타면 스스로가 아주 어른스러운 것 같았다. 스키폴과
부츠에 연결할 플레이트까지 어깨에 짊어지면 그 무
게 탓에 리프트를 타고 오르기도 전에 팔이 후들거렸
다. 하지만 쉽게 짐을 대신 들어주지 않는 엄마 아빠
때문에 내 몫의 묵직함을 지고 리프트에서 내려 슬로
프 정상에 섰다. 그 순간에는 사뭇 비장해질 수밖에 없
었다. 제대로 스키 강습을 받은 적도 없었다. 우리는
삐뚤삐뚤거리며 제법 경사진 곳을 내려왔고, 주제넘
게 속도를 좀 내 볼까 하면 보란 듯이 이리 처박고 저
리 굴렀다. 그렇게 거칠게 눈밭에 적응하며 스키를 배
웠다. 아빠는 우리를 눈밭에 던져두고 최소한의 조력

만을 제공하였다. 다행히 아주 버리고 가지는 않았다. 항상 시야 안에 우리를 두고 완전히 내려올 때까지 멀찍이서 지켜보고 있었다. 다만 어디 다치지 않는 이상 쉽게 구해주지도, 짐을 대신 들어주지도 않았다.

보통 다른 친구 아줌마들은 가족끼리 스키장에 가면 잡아 놓은 콘도에서 사우나를 갔다가, 스키를 타고 돌아오는 가족들을 위해 고기를 굽고 있다고 했다. 하지만 엄마는 달랐다. 우리가 수영을 하면 함께 물속으로 뛰어들었고, 우리가 스케이트를 타면 함께 빙판을 달렸다. 그러므로 스키라고 예외는 없었다. 우아하게 따뜻한 숙소에 앉아 가족의 식사를 준비하는 엄마가 아니었다. 솔직히 운동 신경이 좋은 편도 아니면서 늘 용감하게 우리와 함께했다. 제대로 배운 적도 없는 스키 역시 같이 눈밭을 구르며 배웠다. 나와 동생의 두려움은 점차 자신감으로 변했고, 실력도 갈수록 점점 나아진다 싶었다. 눈 속에 얼굴을 꼬라박는 일이 점점 줄었다.

그러나 우리의 스키 실력이 느는 속도에 비해 엄마의 실력 향상은 더디기만 했다. 우리 보고 먼저 가라고 손짓을 하고선 한참을 내려오질 않았다. 기다리지 말고 그냥 우리끼리 타라고 했다. 몇 번 리프트를 엇갈려 타고 오간 후, 우리는 잠시 휴게소에서 몸을 녹이며 엄마를 기다렸다. 그러나 사고는 머지않아 터졌다. 엄마는 터덜터덜 다리를 끌며 스키 플레이트를 메고 내려오고 있었다. 아무래도 먼저 숙소에 들어가 쉬어야겠다고 했다. "엄마 괜찮아?" 했더니 괜찮으니 걱정 말고 실컷 타고 오라고 한다. 마음은 걱정이 되었지만 몸은 발길을 돌려 다시 리프트로 향하고 있었다. 힘든 것도 모르고 리프트 주간권의 남은 시간을 꽉꽉 채워 눈길을 달리다 숙소로 돌아왔다. 다행히 엄마는 다리가 좀 부어 있을 뿐, 별로 아픈 기색도 없이 저녁을 준비해놓으셨다. 허겁지겁 구워주는 고기를 집어 먹고 곯아떨어졌다.

일상으로 돌아와 평소와 다름없이 생활하는 엄마의 모습에, 멍이 빠지고 뭉친 근육이 풀리듯 부어 있는 엄마의 다리도 시간이 지나면 점차 나을 것이라 생각했다. 아픔을 배려하기엔 일상 모든 곳에 엄마의 필요가 더 강해서, 우린 여전히 정신없이 엄마를 불러댔다. 아빠 역시 씩씩한 엄마를 믿으며 '그래도 병원은 가 보라'는 말만 하고 회사로 향했다. 엄마의 괜찮다는 말이 무색하게도 다리는 처음에 비해 점점 더 부어오르고 있었다. 결국 상태 확인차 정형외과에 갔다. 엄마가 혼자 병원에 가는 것을 보고만 있는 것이 내키질 않아 별 도움이 될 것 같지도 않지만 냉큼 따라나섰다.

절차에 따라 엑스레이 사진을 찍었다. 생각한 대로 가벼운 타박상이라고 해주길 기다렸다. 하지만 점점 부어오르고 있는 다리를 보고 있으려니 뭔가 일이 일어나긴 났나 보다 싶었다. 슬슬 겁이 났다. 의사 선생님은 엑스레이 사진을 들여다보며 무슨 인대가 파열되었다고 했다. 차가운 불빛을 뱉어내는 엑스레이 판독판 위, 희멀건 뼈 사진의 이곳저곳을 가리키며 당최 알아듣기 어려운 의학적 조언들을 쏟아냈다. 결론인즉슨, 안정을 위해 당장 다리에 통깁스를 해야만 한다는 것이었다. 예상외로 시간이 길어지자 엄마는 먼저 집으로 돌아가라고 했다. 덤덤한 척 길을 나서 집으로 혼자 돌아오는 길에 의사 선생님 말씀이 반복되어 들리는 듯했다. 오만 가지 생각이 머릿속을 어지럽혔다. 선생님께서는 치료 후 있을 수 있는 모든 경우의 수를 늘어놓았다.

"깁스를 하고 우선 지켜보는 것이 좋을 것 같습니

다. 지금 상태로 봐서는 굉장히 아프셨을 것 같은데 진통제도 없이 잘 버티셨네요. 금방 오셔서 그나마 다행입니다만, 깁스를 하고도 경과는 최소 몇 주간 지켜봐야 합니다. 기대만큼 호전되지 않을 경우엔 수술을 해야 할 수도 있습니다. 그런 경우 걷기는 가능하지만 영구적으로 달리는 것이 불가능해질 수도 있습니다. 우선은 절대적으로 근육과 인대를 사용하지 않아야 하므로 깁스로 고정시키도록 하겠습니다."

다른 어려운 단어들과 치료법은 기억도 잘 나지 않았지만 뇌리에 콕 박혀 맴도는 한마디는 '달리는 것이 불가능할 수도 있다'는 것이었다.

그저 가능한 최악의 상황들을 나열한 것이려니 애써 이성을 다잡아 본다. 하지만 의지와 관계없이 감정은 이미 과한 소용돌이에 휩싸였다. 혹시 모르는 상황이라니 상상하고 싶지도 않았지만, 이런저런 생각이 제어하기 어렵게 꼬리에 꼬리를 물었다. 심장이 요동치고 있었다. 병원에서 집으로 돌아오는 길이 몹시도 길었다. 주변에 누가 지나갔는지 무슨 길로 어떻게 돌아왔는지 필름이 끊기듯 기억에 없었다. 정신을 차려 보니 집이었고, 얼굴은 눈물 콧물로 엉망이 되어 있었다. 세수를 하고 억지 헛기침을 해대며 목소리를 가다듬은 후 전화기 앞에 가서 회사에 가 있는 아빠에게 전화를 건다.

"응, 아빠. 엄마 다리에 깁스해야 한대. 자세한 건 몰라. 오래 걸려서 먼저 집에 왔어."

수화기를 내려놓는데 못다 한 말들이 목에 걸려 꺽꺽 쇳소리로 터져 나온다.

자꾸만 지난가을 학교에서 열린 가족 체육대회에서 '엄마와 나 이어달리기' 종목을 함께 뛰던 일이 떠올랐다. 단거리 달리기는 원체 자신이 있었다. 반에서도 달리기라면 늘 상위권 기록을 가지고 있었다. 하지만 엄마가 얼마나 잘 달리는지 알 턱이 없었기에 사실 별다른 기대도 없었다. '탕!' 출발 총성이 들리고 빠른 스타트를 보이며 날개를 단 듯 달렸다. 늘 달리던 운동장이었지만, 반대편에 다른 주자가 기다리는 것이 아니라 엄마가 나를 바라보며 기다리고 있으니 더 기운이 넘쳤다. 아빠와 동생이 관중석에서 보고 있을 것이라 생각하니 잘 달리고 있는 그 와중에도 더, 더 잘하고 싶었다.

활짝 웃으며 바통을 엄마에게 선두로 넘겼다. 헉헉

거친 숨을 고르며 눈으로 엄마를 쫓았다. 놀랍게도 엄마는 2등과의 격차를 멋지게 벌리고 있었다. 2등으로 달리는 아줌마는 멀어지는 엄마를 보며 망연자실 점점 다리에 힘이 빠지는 것 같아 보였다. 게임은 반전없이 끝났다. 미니스커트엔 적절하지 않지만, 달리기하기 딱 좋은 말 다리 같은 근육은 엄마에게서 왔음이 증명되었다. 우리 둘의 손목에 자랑스러운 〈1등〉 도장이 퍼렇게 찍혔고, 그에 걸맞은 학용품 부상도 함께 주어졌다. 혼자 달려서 1등을 했던 그 어떤 순간보다도 고개에 힘이 빳빳이 들어갔다. 따스했던 그 체육대회 날의 오후 햇살이 아련히 맴돌았다.

어쩌면 그것이 엄마와 함께 운동장을 달렸던 처음이자 마지막 기억이 되어 버릴 수도 있을까. 따뜻했던 추억이 이렇게 아프게 나를 찌를 수 있구나. 정말 엄마가 영영 달릴 수 없게 되면 어쩌나. 당연했던 일상이 당연한 것이 아니게 될 때, 당연했던 그 모든 것들이 얼마나 아려 오는지 모른다. 엄마와 달렸던 모든 추억 하나하나가 뾰족한 얼음송곳이 되어 파르라니 날 찔러 왔다. 찔리는 곳곳의 상처가 미어졌다. 괜히 스키장을 가자고 했다. 내가 상급자 코스를 억지스레 가겠다고 우겼기 때문이다. 이럴 줄 알았으면 욕심내지 말걸. 이럴 줄 알았으면 그 전에 엄마 손을 잡고 많이 달릴 걸. 엄마랑 더 마음껏 더 원 없이 뛰어놀걸. 엄마가 달리기를 저렇게 잘하는 줄 알았다면 진작 함께 달려 볼걸. 이것저것 못 하는 것이 하나도 없던 엄마가 갑자기 보호해야 할 대상으로 변하는 것만 같았다. 받아들이기 어려워 고개를 내저어 본다. 기도나 해야겠다. 이보다 더 간절한 기도가 있었을까. 엄마 손을 잡고 다시 함께 달릴 수만 있다면…

"내년 가족 체육대회도 꼭 엄마랑 다시 계주에 나가게 해주세요. 뭐든지 할게요, 뭐든지."

"늘 태산 같던 부모님이 더없이 작아 보였던 날,
나는 뒤돌아 몰래 눈물을 훔쳤어."

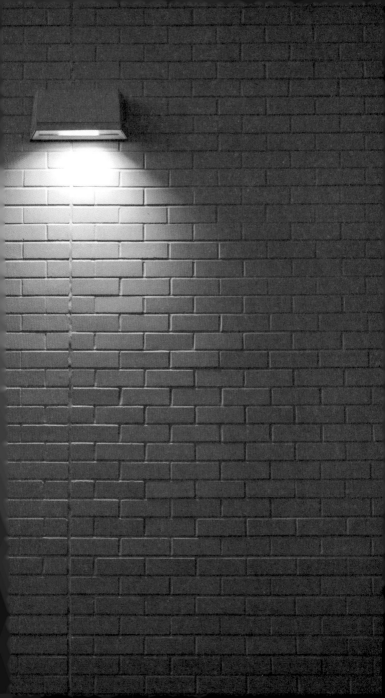

동춘 서커스단

조용하던 아파트 옆 넓은 공터에 수일간 뚝딱이며 거
대한 나무 기반이 세워지더니, 곧 그 거대한 나무틀 위
로 원색이 선명한 알록달록 천막이 씌워졌다. 일반적
으로 건물이 들어서는 공사 과정은 아니었으나 그 높
이는 건물과 견주어도 낮지 않아 보였다. 그것이 완성
되는 모양을 며칠간 관심을 가지고 지켜보던 어느 주
말, 궁금증을 유발하던 그 천막 위로 『동춘 서커스단』
이라 적힌 커다란 현수막이 걸렸다.

도대체 저것이 무엇인가. '서커스'라는 단어는 책이
나 텔레비전에서 들어 봤을 뿐, 익숙한 단어가 아니었
다. '동춘'은 뭐지, 동쪽의 봄이라는 뜻일까? 아니면
'김동춘'이라는 사람 이름인가. 고요했던 너른 공터에
별안간 등장한 거대한 천막은 동네 친구들뿐만 아니
라 어른들 사이에서도 동춘 서커스를 화두에 올리게
하기 충분했다. 그리고 다음 주말, 아빠와 아빠 친구네

가족과 함께 우리는 그 궁금했던 '동춘 서커스'를 보러 가기로 했다.

　어린이 극장에서 하는 인형극이나 공연은 본 적이 있었지만, 이렇게 많은 어른과 함께 관람석에 앉아서 보는 쇼는 난생처음이었다. 엄청난 음악 소리와 함께 요란하게 등장하는 사회자 아저씨. 천막의 화려함은 아무것도 아니라는 듯 형형색색의 의상과 장신구를 달고 우스꽝스럽게 걸어 나오는 주인공들. 그 화려함이 과해서인지, 우습다기보단 조금 괴기스럽게 느껴졌다. 오기 전에 상상했던 서커스의 피에로는 하얗게 분칠한 얼굴 위에 커다란 빨간 코를 달고, 붉은색 입술로 큰 미소를 짓는 모습이었다. 하지만 이 서커스에 등장하는 피에로는 책에서 봤던 그림 속의 피에로와 다르게 훨씬 한국적인 면이 있는 피에로였다. 의상도 한복을 변형한 듯, 언젠가 동네 야시장에서 본 적 있는 '각설이'와 비슷한 것도 같았다.

　옆자리의 엄마 아빠 목소리도 들리지 않을 만큼 크게 흘러나오는 배경 음악과 천막이 찢어질 듯 울리는 강한 북소리, 그리고 사회자 아저씨의 쩌렁쩌렁한 진행은 가슴을 쿵쿵 울렸다. 눈을 어디에 둬야 할지도 모르게 번쩍이는 온갖 조명은 쉴 틈 없이 천막 곳곳을 쏘다니며 시야를 흔들어댔다. 엄마는 우리가 너무 놀랄까 봐 걱정되는 듯 큰 소리가 쏟아져 나올 때마다 자꾸 우리 귀를 두 손으로 대신 막았다. 신나서 가슴이 뛰는 것인지 소리 때문에 가슴이 울리는 것인지 헷갈렸다. 어쨌든 난생처음 보는 기묘한 쇼에 눈과 귀는 온통 집중될 수밖에 없었다.

쫄쫄이 옷을 입은 사람들이 나와 어마어마한 높이의 인간 탑을 쌓고, 줄 하나에 몸을 의지해 하늘을 날아다니고, 말도 안 되게 작은 유리통에 몸을 접어 넣기도 했다. 하늘을 가로지르는 줄 위에서 아슬아슬하게 외발자전거를 타고 접시를 돌렸다. 뭐니 뭐니 해도 가장 신기했던 순간은 동물이 등장하는 순간이었다. 동물원 밖에서는 생전 볼 일이 없었던 온갖 동물들이 조련사의 손짓 하나에 새처럼 날아올라 링을 넘고, 칠판에 적힌 수학 문제를 풀고, 사람처럼 정중하게 인사를 하고 들어갔다. 처음 보는 기이한 묘기들이 물론 재미있긴 했지만, 어른들 머리 사이로 저 멀리 보이는 무대를 집중해서 오래 보고 있기란 쉬운 일이 아니었다. 여전히 가슴을 쾅쾅 울리는 음악과 혼이 나갈 것 같은 정신없는 조명 때문에 엄마 아빠는 우리를 데리고 공연 중간에 살며시 천막을 빠져나왔다.

기묘하고 아슬아슬한 재주넘기가 분명 재미있긴 했지만, 왠지 모르게 마음 한편이 슬펐다. 서커스 천막을 벗어나 근처에 몰린 이런저런 잡상인 틈에서 우리는 솜사탕을 하나씩 얻어 들었다. 엄마는 좋아하는 번데기를 한 컵 손에 들고 집으로 걸어 돌아갔다. 나는 함께 서커스를 관람한 아빠 친구 딸과 이야기를 나눴다.

"재밌긴 재밌었는데 나는 공연하는 사람들이랑 동물들이 좀 불쌍하드라. 저거 할라고 얼마나 오랫동안 억지로 연습을 했겠노."

"야, 니 이상하다. 그냥 재밌게 봤으면 됐지. 저 사람들은 자기가 저렇게 멋있는 서커스를 하는 게 자랑스러울 텐데 뭐가 불쌍하노. 니가 저 사람들은 불쌍한 사람들이라고 생각하는 게 더 나쁜 거다."

생각해 보니 그 말도 일리가 있는 것 같았다. 그래도 선뜻 동의하기는 어려웠다. 난생처음 보는 서커스 관람 후의 찜찜한 감정은 분명히 말로 설명하기가 어려웠다. 피에로 아저씨의 진한 분장 아래 숨어 있을 진짜 얼굴과 표정이 궁금했다. 동생은 그냥 천막 안이 너무 시끄럽고 더워서 머리가 아팠다고만 했다.

집에 오니 늘 그렇듯 돌팔매가 깡충깡충 뛰어올라 우리 품에 쏙 안긴다. 자꾸 '앉아. 일어나. 기다려. 빵!' 같은 것을 훈련시키고, 돌아서면 까먹는다며 구박했던 내가 미안해진다. 괜히 서랍 안에서 강아지가 좋아하는 간식을 한 주먹 꺼내다 먹인다. 그런 건 이제 다시 안 시켜야겠다.

해도 예쁘고 안 해도 예쁘다.
잘 먹고 건강하기만 하면, 너는 예쁘다.

바람

놀이터에서는 그네 타는 것을 가장 좋아한다. 미끄럼틀, 시소, 정글짐과 철봉에 거꾸로 매달리기도 재밌었지만 그 무엇보다도 날 설레게 하는 것은 그네였다. 그네를 타면 하늘 높이 날아오를 수 있었다. 새의 날개가 부러웠다. 아니, 나비의 날개라도 좋겠다. 내 몸뚱이를 들어 바람을 가르고 날 수만 있다면 어떤 날개든 갖고 싶었다. 가련하게도 날개가 없는 나는, 그네를 타며 날아오르는 순간의 기분을 즐기곤 했다. 그네에 올라앉아 눈을 감으니 얼굴을 스치는 바람이 지난 여행의 기억을 불러왔다.

기억 속의 나는 흔들리는 차창에 기대어 있었다. 눈을 살짝 떠 본다. 얼마나 잤을까. 벌써 창밖에는 노을이 지고 있다. 한쪽으로 꺾인 목을 반대쪽으로 돌린다. 잠결에 두런두런 엄마 아빠의 대화 소리가 아련히 들린다. 무슨 이야기인지 들어도 모르는 아빠 회사 이야기, 내가 잘 모르는 가족들의 이야기이지만 끊이지 않고 두런두런 이어지는 목소리가 편안하다. 다시 눈을 스르르 감는다. 몽롱한 이 상태에서 깨어나고 싶지 않다. 다시 잠을 청한다. 집에서 잠을 자는 것보다 차 안에서 잠이 더 잘 왔다. 일부러 자려고 하지 않아도 어느 순간 잠이 들어 버렸다.

창밖으로 휙휙 지나가는 가로수를 멍하니 바라보는 것도 좋았다. 평소에는 잘 보지 않는 하늘도 오래도록 올려다보게 되었다. 해 질 녘 줄지어 선 앞차들의 붉은 브레이크 등이 길게 이어진 모습은 마치 등 축제 장면처럼 빛 망울이 퍼져 아른아른 꿈과 겹쳐 보이기도 했다.

또다시 실눈을 떠 본다. 얼마나 잤을까. 목이 마르다.

"엄마, 나 물."

"잘 잤어?"

엄마가 보온병에 담긴 따뜻한 보리차를 꺼내어 스테인리스 뚜껑에 따라 뒤로 넘겨주신다. 대답 없이 마시고 빈 뚜껑을 넘긴다. 창문을 연다. 한적한 시골길이다. 바람이 시원하게 창을 통해 들어온다. 상쾌하다. 숨을 크게 들이마신다. 창문에 매달려 손을 창밖으로 내민다. 아빠 엄마가 위험하다고 싫어하는 행동이라는 것을 알고 있다. 하지만 손끝을 스치는 바람이 좋다. 고개도 살짝 내밀어 본다. 제법 빠른 속도로 달리는 차 밖으로 얼굴을 내미니 머리칼이 휙 하고 흩날리며 입이 저절로 벌어진다. 숨이 잘 안 쉬어진다. 몽롱하던 상태에서 정신이 번쩍 든다. 바람결에 차가워진 두 뺨과 손을 도로 집어넣는다. 창문을 올린다.

조금 더 가다 보니 비포장도로가 시작된다. 덜컹덜컹 흔들림이 심해진다. 다시 창문을 연다. 길가의 풀과 나무가 제법 가까워졌다. 길게 웃자란 잡풀들이 창문 높이까지 닿을 듯 뻗어 있다. 나를 잡아 보라며 유혹하는 듯하다. 손을 내밀어 풀을 향해 손을 뻗친다. 풀이 손에 닿을 듯 닿지 않는다. 몸을 조금 더 내밀어 풀에 다가간다. 차가 속도를 점점 줄이며 풀에게 더 가까워진다. 아빠가 사이드미러로 내가 하는 모양을 보고 있다가 슬쩍 속도를 줄여 차를 풀에 가까이 붙여 주었다. 드디어 손이 풀에 닿는다. 잡힌 풀을 꼭 쥐고 있자 뽁 하며 기다란 풀이 끊어져 따라온다. 씩 웃으며 차 안으로 기다란 잡풀을 끌고 들어온다. 풀을 꽉 쥐었던 왼손에서 비릿한 풀 냄새가 났다.

풀 내음이 가득한 기억 속에서 다시 현실로 돌아온다. 여행을 좋아하는 엄마 아빠 덕분에 여기저기를 많이도 다녔다. 산으로 들로 바다로 계곡으로. 하지만 다녀오고 나면 엄마의 열정적인 설명이 무색하게도 교과서에 나오는 어느 위인이 살았던 곳인지, 역사적으로 어떤 의미가 있는 장소인지 그런 것들은 잘 기억나지 않는다. 다만 그곳의 풀 냄새가 어땠고, 그때 엄마 아빠의 목소리가 어땠었는지, 동생이랑 어떻게 처음으로 그 모래밭에서 모래성 쌓기에 성공했었는지, 그때 그 식당 마당에 뛰어놀던 똥개 새끼가 얼마나 보들보들하고 귀여웠는지, 창밖의 바람이 어떤 공기를 안고 불어왔는지. 그런 사소한 것들이 그때의 기분과 합쳐져 기억에 훨씬 더 구체적으로 남아 있다.

다시 그네를 타고 눈을 감으니 바람이 머리카락을 날린다. 숨을 들이마신다. 특히 해가 질 무렵이 더 좋았다. 쨍한 태양 아래보다는 오후 네다섯 시쯤, 열기가 한풀 식은 산들바람이 불어올 때면 마음이 더 쉽게 노을에 젖어 들었다. 숨을 내쉰다.

그네를 타고 눈을 감으면 언제나 차창 밖으로 고개를 내밀었던 그 순간을 다시 떠올릴 수 있다.

그때의 바람 냄새가, 엄마 아빠의 목소리가 어디선가 다시 두런두런 들려오는 것만 같다.

안녕 우리 엄마, 우리 아빠.

우선 고마워요. 말로는 다 담을 수도 없는 고마움이지만요. 어린 시절 생생하게 떠오르는 추억들을 하나씩 돌아보니 보석 같이 귀한 순간들이 얼마나 많던지요. 그때의 내게는 너무나 당연했던 일상이 어쩌면 엄마와 아빠의 당연하지만은 않은 노력 덕분이었겠구나, 이제는 조금 알 것 같기도 해요.

성인이 되면 저절로 철이 들고 어른다운 어른이 되는 줄 알았는데 아마 평생 엄마 아빠 앞에 어른이 되긴 글렀나 봐요. 이렇게 편지를 써 보는 게 얼마만인지 모르겠네요. 공부하랴, 회사 다니랴, 결혼 후엔 새로운 생활에 적응하랴, 이런저런 핑계들로 손 편지 한번 정성스레 못 써 봤어요. 아이를 낳아 기르고 가정을 꾸리며 이제야 부모님의 사랑을 감히 가늠해 보곤 합니다. 그러면서 깨달아요. 살면서 정말 필요한 것들은 어쩌면 엄마 아빠 품에서 이미 다 배웠을지도 모른다는 것을요. 그때 배웠던 것들이 얼마나 중요한 것이었나, 다시 돌아봅니다.

세상을 배워 가는 우리 아기에게도 가르쳐줘야겠지요. 그렇게 가르쳐주며 나도 하나씩 다시 배워 나가야겠어요. 나에게 알려주셨듯이 천천히, 그리고 친절하게 우리 아이에게도 이 세상 이야기를 들려줄게요. 우리가 엄마 아빠만큼 잘 해낼 수 있을지는 잘 모르겠지만, 받아 온 큰 사랑을 갚듯이 해 볼게요.

사랑해요. 이렇게 글로는 다 담을 수도 없지만요.

또 다른 계절을 보내며
김정인

엄마의 글

한 줄로 이어진 삶의 여정에서, 때로는 앞날을 기다리며 상상하기도 하고 때로는 지난날의 기억을 더듬으며 나는 여전히 지금 이 시간의 한가운데 서 있다. 지금 미래를 상상하고 과거를 회상하는 것도 모두 과거와 미래를 연결하는 삶의 한 여정이겠지.

이 삶의 한 여정에서 첫 아기를 출산한 딸이 육아 틈틈이 쓴 글을 한 묶음 들고 왔다. 무심코 받아 든 글 속에 딸아이의 유년의 뜰이 좍악 펼쳐져 있었다. 그 뜰 안에는 예쁜 꽃도 피고 지고, 새싹도 자라고, 새도 날고, 비바람도 불고 눈도 내렸다.
작은 꼬마 딸아이가 느끼는 모든 세상의 모습들이 고

스란히 녹아 있었고 읽는 동안 나도 모르게 30년 전, 젊은 아줌마의 뜰이 실루엣으로 울타리를 치고 있었다. 꼬마가 아기 엄마가 되어 되돌아보는 추억 속 어린 날의 기억들이 가늘고 긴 씨실과 날실로 꼬이며 어느새 마디 굵은 동아줄이 되어 있었다.

"아! 그때 그랬었구나. 너는 그때 그랬구나."

이제 와서 다시 그때의 딸의 모습을 이해해 본다. 덕분에 환갑이 지나서 내 젊은 시절을 살짝 뒤돌아보는 호사를 누렸다.
딸! 고맙다.

두 아이를 키우며, 이 책을 마감하는 딸의 삶의 동아줄은 더욱 마디가 굵고 튼튼해지겠지.

모든 순간이 동화였다

초판 1쇄 인쇄 2019년 5월 20일
초판 1쇄 발행 2019년 5월 30일

지은이 김정인
펴낸이 안종남

펴낸 곳 지식인하우스
출판등록 2011년 3월 31일 제 2011-000058호
주소 04035 서울시 마포구 양화로7길 55(서교동) 신양빌딩 201호
전화 02)6082-1070
팩스 02)6082-1035
전자우편 jsinbook@naver.com
블로그 blog.naver.com/jsinbook
인스타그램 @jsinbook

ISBN 979-11-85959-81-8 03810

항상 '오늘'을 놓치게 되곤 했습니다.

그렇게 놓친 오늘은 결국 내일에게도 버려졌습니다.

그렇게 버려진 많은 시간들이 쌓이고 쌓여 시간의 무덤을 만들었다는 것을 알게 된 건 꽤 나이가 든 후였고, 아픈 후였죠.

시간을 버리고, 버려도 괜찮을 줄 알았습니다. 언제나처럼 내일은 찾아올 테니까요.

하지만 그 생각은 틀렸습니다. 내일은 결코 정해진 것이 아니었습니다.

"오늘을 낭비하지 마세요." 자신 있게 답할 수 있는 것은 그 문장 하나뿐입니다.

당신의 오늘은 부디 버려지지 않기를.

당신의 오늘은 부디 부서지지 않기를.

당신의 오늘은 부디 빛나기를 바랍니다.

당신은 분명

무지개처럼 빛날 테니까요

서은

오늘도 술 마셨어요

초판 1쇄 인쇄 2019년 3월 20일
초판 1쇄 발행 2019년 3월 28일

지은이 사공
펴낸이 인호정

펴낸곳 주 지식인하우스
출판등록 2011년 3월 31일 제 2011-000068호
주소 04035 서울시 마포구 양화로7길 55(서교동) 신양빌딩 201호
전화 02)6082-1070
팩스 02)6082-1035
전자우편 jisinbook@naver.com
블로그 blog.naver.com/jsinbook

ISBN 979-11-85959-77-1 03810